십 대로 산다는 건

십대로 산다는 건

초판 1쇄 인쇄_ 2016년 6월 25일 | **초판 1쇄 발행**_ 2016년 6월 30일
지은이_무릉 선비들 | **엮은이**_장훈 | **펴낸이**_오광수 외 1인 | **펴낸곳**_꿈과희망
디자인 · 편집_김창숙, 윤영화 | **마케팅**_김진용
주소_서울시 용산구 백범로90길 74, 대우이안 오피스텔 103동 1005호
전화_02)2681-2832 | **팩스**_02)943-0935 | **출판등록**_제2016-000036호
E-mail_ jinsungok@empal.com
ISBN_978-89-94648-94-1 43810
※ 책 값은 뒤표지에 있습니다.
※ 새론북스는 도서출판 꿈과희망의 계열사입니다.

무릉 선비들의 작품집

한라산 기슭에서 무릉도원을
꿈꾸는 선비들의 꿈 이야기

십대로 산다는 건

무릉 선비들 **지음**/ 장훈 **엮음**

꿈과희망

| 권두시

방파제를 보며

_김규중(교장선생님)

방파제 끝에는 등대가 있지요
외롭다는 것이지요

파도는 다가오고 다가오지만
채워지지 않는 사랑이지요

바다새는 날아와 꼭, 꼭, 가슴을 누르지만
먼 길 가면 그만인 설렘이지요

그래서 방파제는 잊혀질까봐
밤마다 누군가를 부르지요

C.O.N.T.E.N.T.S

문자연

나래
나 봄
모자자효(母慈子孝)
바쁜 가을
수수꽃다리
안녕. 괜찮아? 힘내!
안다미로
예뻐
예쁜 엄마의 손
오늘도 내 시계는 똑딱똑딱
우과천청(雨過天晴)
월백풍청(月白風淸)

나래

나는 어릴 때부터 한자를 배워왔다. 물론 내가 하고 싶어서 한 것은 아니고 엄마의 권유로 시작하게 되었다. 초등학교 4학년 때부터 배워왔으니 햇수로 한자를 5년 배웠는데 큰 성과를 이루진 못했지만 그래도 천천히 한 걸음씩 배워나가고 있는 중이다. 그래서 작년에 겨우 한자 3급자격증을 따게 되었다.

중학교 1학년 때까지는 내가 한자를 왜 배워야 하는지, 한자를 배우면 뭐가 좋은 건지 알지 못해서 엄마에게 배우기 싫다고 늘 투정을 부렸다. 학습지 선생님이 한자는 기억력이 좋은 초등학생 때 배워야 빨리 급수를 따고 한자를 많이 알 수 있다고 했는데, 나는 어린 애가 왜 어려운 한자를 배워야 하는지 잘 이해하지 못했다. 그리고 엄마는 나에게 공부는 하지 않아도 되니 책이라도 읽으라고 했다. 엄마는 내가 공부를 하기 싫어한다는 것을 알기 때문인지 공부보단 독서를 권유했다. 다른 친구들의 부모님들은 아이들에게 공부를 하라고 난리인데 왜 우리 엄마는 책이나 읽으라고 하는지 몰랐다.

하지만 난 요즘 들어 엄마에게 고마움을 느끼고 있다. 한자가 내 날개가 되어주고 있기 때문이다. 한자어가 국어의 70% 이상을 차지한다고 한다. 그만큼 한자어를 듣고 읽을 일이 정말 많다. 한자를 많이 아는 건 아니지만 그래도 어릴 때부터 한자를 배운 덕분에 책을 읽을 때도, 수업을 들을 때도 이해가 빨리 되는 편이다. 예를 들어 '다반사' 라는 단어를 들었을 때 원래는 이게 첫 글자가 '다' 니까 많은 경우를 뜻하는 거라고 생각했었다. 그런데 한자를 배우다 보니 다반사가 차 다(茶), 밥 반

(飯), 일 사(事)를 써서 차 먹고 밥 먹는 일, 즉 흔한 일을 뜻한다는 것을 알게 되었다. 이처럼 한자를 배우다보니 한 단어가 있으면 '아, 이게 대충 이런 뜻이겠구나.' 하고 예측이라도 할 수 있게 돼서 많은 도움이 된다.

과학 선생님이 수업 시간에 자주 하시는 말이 있다. 국어를 잘해야 모든 과목을 잘한다고. 국어를 못하면 다른 과목도 모두 못한다고 하신다. 그래서 책을 많이 읽으라고 늘 강조하셨다. 아마 국어와는 별 관련이 없어 보이는 수학이나 과학도 문제와 문제의 의도를 잘 파악하고 이해해야 풀 수 있고, 영어도 문제를 잘 파악하고 글의 맥락을 이해해야 풀 수 있는 문제가 대부분이기 때문에 하는 말일 것이다.

과학과 수학에서 나오는 '치환'이라는 단어를 예로 들면, 아무것도 모르는 상태로 치환이라는 단어를 보게 되면 이게 어떤 뜻인지, 어떻게 하는 것인지 잘 모른다. 근데 내가 한자를 배우니 치환이면 둘 치(置)에 바꿀 환(換)이니까 확실히는 모르지만 대충 바꾼다는 뜻이라고 조금은 예측을 할 수 있다.

중학교 2학년 때는 한문이라는 과목을 배웠는데, 내가 알고 있는 것을 배우니까 쉬웠고, 그렇기 때문에 더 재밌게 수업을 들었던 것 같다. 내가 다른 아이들보다 잘 아는 게 있다는 것이 뿌듯하기도 했고 한문 선생님의 칭찬이 기분 좋았다. 어릴 때부터 접해온 것이라 익숙한 것일지도 모르지만 나는 내게 한자가 적성에 맞는다고 생각했다. 그래서 내 장래 희망을 국어 교사나 한문 교사로 계획하고 있고 한자가 내게 많은 도움이 될 것이라 생각한다.

어쩌면 날개가 날아오르기 위한 것뿐만 아니라 자신을 뽐낼 수 있게 해줄 수도 있고, 나를 하늘로, 나의 꿈으로 도달하게 해줄 수도 있고, 나를 좋은 길로 이끌어 줄 수도 있다고 생각한다. 그렇기에 한자는 나의 나래이고, 나에게 나래를 달아준 엄마에게 늘 고마워하고 있다.

나 봄

나에게 네가 가장 좋아하는 계절이 무엇이냐고 묻는다면 '봄' 이라 대답할 것이다. 봄을 좋아하는 이유는 평소에 몸에 열이 많은 편이라 땀을 많이 흘려서 태양이 붉게 타는 여름을 좋아하지 않고, 옷을 몇 겹씩 껴입어야 하는 눈 내리는 겨울도 좋아하지 않는다. 그래서 좋아하는 계절이 봄과 가을인데 봄에 내 생일과 엄마 생일이 함께 있는 터라 봄을 더 좋아하는 편이다.

하지만 내 생일은 언제나 외로웠다. 엄마도 이맘때쯤이면 늘 바빴고 언니들도 생일을 잘 챙겨주지 않아서 친구들과 같이 노래방을 가는 정도로 생일을 기념했었다. 엄마의 생일에도 엄마는 대부분 자신의 친구와 아는 사람들과 있는 경우가 다반사라서 서로의 생일에 무감각했다. 하지만 이번 봄은 유난했다. 생일날 잠에서 깨니 식탁 위에 놓인 미역국, 유달리 많았던 생일 축하 메시지들과 초등학교 때 이후로 처음 받아보는 엄마와 언니의 선물, 지켜진 약속, 모든 것이 행복했던 나의 봄이었다.

지난 해 가을, 나는 글로나마 엄마의 생일에 가방을 선물해 주겠다며 약속했었다. 그 약속을 지키고자 저금통을 사서 한 푼 두 푼 모은 돈과 설날에 받은 세뱃돈을 통장에 차곡차곡 모았다. 그리고 엄마 생일이 얼마 남지 않았던 날, 언니들과 돈을 모아 엄마와 함께 엄마의 생일 선물과 내가 약속했던 가방을 사드리러 이 곳 저 곳을 함께 돌아다녔다. 나와 언니가 엄마에게 생일 선물을 사드렸던 적은 편지 이외엔 없어서 엄마도 꽤 놀라셨다. 그런 만큼 밤늦게까지 돌아다니느라 피곤한 몸을 이끌고도 입가에선 웃음이 떠나지 않았다.

내가 올해 가장 행복했던 일이 바로 그날인데, 그날은 유독 거리마다 울려 퍼지는 노랫소리가 참 달콤하게 들렸다. 점심에 먹은 것이 체해서 몸 상태도 좋지 않았지만 기분은 날아갈 듯 좋았다. 내가 준 선물을 받고 누군가가 좋아한다는 게, 그리고 그 누군가가 엄마라는 게 참 뿌듯하고도 기뻤다.

또 하나 좋았던 건, 엄마에게 가방을 사도 되냐고 물었을 때, 엄마든 언니든 다 사지 말라고 말려서 살짝 삐쳤었다. 내 나름대로 생일을 스스로 축하하기 위해 내가 나에게 선물을 사주려고 했고, 그게 가방이었다. 그래서 소심하게 인터넷에서 마음에 드는 가방을 찾고 엄마 몰래 사려고 했는데, 엄마가 갑자기 "가방 마음에 드는 거 있었어?" 하고 물었다. 엄마가 생일 선물로 사줄 테니 마음에 드는 가방 골라 놓으라며 말이다. 엄마가 가방을 사준다는 게 뭔가 미안한 감정이 들어서 최대한 저렴한 가격의 가방을 고르려 노력했다.

아직 봄이라 하기엔 조금 이른 감이 없지 않아 있지만, 참 따뜻하고 행복했다. 우연히도 내가 말하고 글로 썼던 게 하나씩 이뤄지던 이상하고도 신기한 봄이기도 했다. 지나가는 거리마다 들리는 달콤한 봄노래와 새싹이 자라나고 꽃을 피우는, 그리고 두 봄이 태어난 우리의 봄. 그 봄 중에서도 가장 따뜻했던 올해의 봄은 지친 나를 깨워주던 연분홍빛 봄바람이었다.

모자자효(母慈子孝)

"힘들어."

요즘 엄마에게서 가장 많이 듣는 말이다. 더위가 사그라지고 어느새 찬바람이 불기 시작해 추워진 날씨에 감기에 걸리신 건지 연거푸 기침을 하고 아파하는 모습이 영 보기 좋지 않았다. 다행히도 이젠 힘든 밭일을 더 이상 하지 않고 앉아서 전화를 받는 일을 하셔서 걱정이 조금이나마 줄었다고 생각했다. 그래도 몸은 덜 피곤하리라 생각했는데 요즘엔 더 힘들어하셨다. 학교에 다녀온 후 마주하는 엄마의 얼굴은 늘 안색이 어둡고 피곤해 보였다. 그럴 때면 늘 속상하고 죄스러웠다.

일을 마치고 돌아오셔서 힘드실 텐데 내가 괜한 짜증과 투정을 부린 것은 아닐지, 귀찮다고 미룬 설거지와 빨래가 엄마를 얼마나 더 피곤하게 했을지, 내가 엄마의 등에 올라탄 무거운 짐은 아닐지.

내가 장염으로 고생할 때 엄마와 함께 아는 한의사 선생님을 찾아간 적이 있다. 치료가 거의 끝나갈 무렵 한 마디를 해주셨다.

"너희 엄마는 걸어 다니는 게 신기하다. 몸이 종합병원인데 일까지 하니 몸이 저 모양이지. 엄마 좀 쉬게 해라."

그 말을 들으니 엄마께 죄송스럽기도, 감사하기도, 후회스럽기도 했다. 그때는 그냥 어색하게 웃어넘겼지만, 반년이 지났는데도 그 말이 내 기억 한 구석에 자리 잡아 있는 것을 보면 내가 엄마에게 얼마나 죄송했나 싶다. 그렇게 죄송했던 건 그만큼 죄송한 일이 많았던 걸 테고.

엄마는 연필심 없는 몽당연필이다. 지금껏 해왔던 고된 밭일과 회사

일에 온몸이 닳았고, 혼자서 세 딸을 키우느라 부러지고 쓰러졌고, 경제적으로 부족할 수밖에 없고 지원까지 끊겨버린 상황에 깎이고 또 깎였다. 그렇게 짧을 대로 짧아진 연필은 온갖 수난을 다 겪은 엄마와 참 많이 닮아 있었다.

내가 어려 아빠가 없다는 사실을 받아들이지 못할 때, 엄마가 많이 속상해 하셨다. 엄마는 세 딸에게 해줄 수 있을 만큼 잘 해주셨는데도, 어리고 철없는 나 때문에 괜한 죄책감을 느끼셨다. 몽당연필은 쓰기도, 깎기도 불편해서 연필이 짧아지기 전에 다시 새 연필을 사고는 한다. 그래서 나는 몽당연필을 한 번도 써 본 적이 없다. 그런데도 몽당연필이 된 엄마는 얼마나 힘든 일과 고난의 연속이었을까. 그 고난 중 가장 큰 하나가 나이기에 마음이 무겁다.

그래서 나는 몽당연필 끼우개가 되고 싶다. 초등학교 때 필통을 더럽히지 않기 위해 썼던 그 연필 뚜껑이 되고 싶다. 이미 짧아져 몽당연필이 돼버린 엄마를 다시 새 연필처럼 돌릴 수 없다면, 짧아진 연필을 길게 하고 닳지 않도록 연필 끼우개 같은 딸이 되고 싶다. 나 때문에 늙어버린 연필을 더 이상 힘들지 않게, 아프지 않게 하고 싶다. 그게 엄마를 몽당연필로 만든 딸이 스스로 내리는 벌이고, 고생한 엄마를 위한 못난 딸의 후회다.

바쁜 가을

가을은 바빴다. 어느새 꽃 피는 봄, 시원한 여름이 떠나고 가을이 나를 찾아왔다. 일 년이 끝나갈 무렵이라서 그런지 가을은 유독 바빴다.

특히 대정읍 시골에서는 마늘 농사가 한창이라 누구나 다 바쁜 삶을 보내고 있다. 지금은 마늘을 다 심고, 마늘이 햇볕을 쬘 수 있게 비닐 밖으로 꺼내주는 작업을 해야 하는데 변명이겠지만 나름 할 일이 많아 돕지 못하고 있다.

고등학교 3학년만큼 바쁜 것은 아니지만, 중학생이어도 나 나름대로 3학년이기에 공부를 해야 한다는 생각에 할 일이 많았다. 가을, 그중에서도 10월이 수행평가가 몰려 있는 달이기에 주말에도 늘 할 일이 많았다.

가을은 여유가 없었다. 사실 아직 어리기에 쉬고 싶고, 놀고 싶은 게 나 스스로 어쩔 수가 없다. 한심하고 웃기지만 별 수 없는 욕구다. 평일에는 학교에서 야간 자율학습을 하고 오면 피곤해 집에 들어와서는 바로 잠에 들었고, 주말에는 고입 대비 문제지와 수행평가로 스트레스에 찌들어 살았다.

공부만 하게 되다 보니 정말 내가 좋아하고 즐기는 것은 하나도 하지 못했다. 무료한 일상의 반복이 나를 지치게 했다. 끝없이 늘어나는 고민거리와 스트레스에 가끔은 내 목표, 미래에 대한 쓸 데 없는 의구심이 나서 나 자신을 갉아먹고는 했다.

가을은 조용했다. 내 스스로에게 던지는 수많은 물음에 가을은 입을

꾹 다물고는 아무런 답도 해주지 않았다. 어렴풋이라도 답을 보여줬으면 좋겠는데 가을은 그럴수록 자신을 숨기고 또 숨겼다. 속상한 마음에 나를 위로해 달라 투정도 부려봤지만 가을은 결코 내 부탁을 들어주지 않았다.

가을은 한심했다. 하루하루가 소중하고 아름다운 나날인데도, 나는 그저 무의미하게 그 아름다운 것들을 그냥 흘려보내고 있었다. 오직 성적에만 치중하다보니 다른 것들에 신경을 많이 쓰지 못한 것 같다. 길거리에 눈처럼 떨어지는 낙엽은 아련하였고, 집 옥상에서 바라 본 붉은 노을은 황홀했고, TV 속에서 본 붉게 물들어가는 한라산은 참으로 아름다웠는데 유독 내 모습만 초라하고 처량했다.

가을은 바빴다. 천천히 가도 원망하는 이는 아무도 없는데 꼭 누군가에게 쫓기듯 허겁지겁 도망을 갔다. 가을의 물음에 답을 얻을 때까지, 그때까지만이라도 잠시 기다려줬으면 했는데, 가을은 가을을 피하려는 듯 더 빨리 겨울에게로 달려가고 있었다.

가을은 바빴다. 그래서 가을은 기다려주지 않고 저 멀리로 떠날 준비를 하고 있었다. 나와 함께 떠나줬으면 했는데 가을은 나의 손을 잡아주지 않았다. 그렇게 가을은 아직 준비도 되지 않았는데 떠나가고 있었다.

수수꽃다리

수수꽃다리가 만개했다. 여유롭게 등굣길을 걸을 때면 옅은 보랏빛을 띤 수수꽃다리가 활짝 피어 신비롭고 아름다웠다. 나는 엄마가 회사에 가실 때 나를 학교에 데려다주시기 때문에 늘 학교에 일찍 등교했다. 그런데도 나보다 늘 일찍 와있는 애가 한 명 있었다. 그 아이는 늘 혼자 외로이 앉아 있었다. 내가 교실 문을 열고 들어오면 창가 쪽 의자에 앉아서 멍하니 창문 밖을 바라보고 있었다. 그 시선이 어디를, 무엇을 향하고 있었는지는 모르겠다. 아무 소리 없이 멍하니 창밖만 바라봤다. 내 자리는 그 애의 대각선 뒤쪽 자리였다. 먼 듯 하면서 가까운 그런 애매한 위치였다. 단 둘 뿐인 조용한 교실은 왠지 모를 어색함이 느껴졌다.

오늘은 비가 내렸다. 잠깐 서 있어도 옷이 흠뻑 젖을 정도로 비가 많이 내렸다. 그런 탓인지 오늘 체육 수업은 교실에서 한다며 체육부장이 소리를 질렀다. 뻔했다. 아마 체육 선생님은 조용히 자습을 시킬 테고, 아이들은 시끄럽게 떠들어 댈 테고, 나는 조용히 잠을 자고.

하지만 아이들의 시끄러운 대화에 유독 소리에 예민한 나는 쉽게 잠에 빠져들지 못했다. 그래서 나도 그냥 멍하니 앉아만 있었다. 그러다 문득 내 눈 안에 그 아이의 모습이 가득 찼다. 그 아이의 시선을 따라가 보니 창 밖 운동장이다. 밖에는 비가 내리고 있었기에 운동장에는 아무도 없이 텅 비어 있었다.

내 옆자리 예린이가 어제 비를 맞고 감기에 걸렸다며 학교에 결석을

했다. 그래서 내 옆자리는 비었고, 나는 혼자다. 다른 아이들에게 소외를 받는 것은 아니었지만, 내가 대화를 싫어하기도 했고, 많은 아이들이 모여 다니는 것을 좋아하지 않았다. 자의 반, 타의 반으로 혼자 조용한 학교생활을 보냈다. 친구들과 함께 시끄럽게 얘기하는 것보다는, 그 모습을 구경하는 것이 더 재밌었다. 쉬는 시간에 매점에 가서 간식을 사 먹는 것보다는 창밖을 바라보며 잠시 쓸데없는 상상에 빠지는 게 더 좋았다.

오늘은 점심시간을 알리는 종이 쳐도 교실에 가만히 앉아 있었다. 그냥 먹기 싫었다. 아이들이 종을 치자마자 빠르게 달려 나가 교실엔 나 혼자 뿐일 거라 생각하며 주위를 둘러보니 그 아이도 창가 쪽에 가만히 앉아 있었다. 알고 보니 그 아이는 매일 점심을 먹지 않았다. 역시나 멍하니 창 밖을 바라보고 있었다. 언제나 그 시선 끝은 알 수 없다. 창 밖 운동장에는 땀을 뻘뻘 흘리며 축구하는 남자 아이들과 만개한 수수꽃다리 몇 그루 밖에는 없었다.

그 아이는 작고 예뻤다. 연약하고 청초한 그 아이는 연보라색을 닮았다. 키는 조금 작고 말랐으며, 높이 올려 묶은 머리는 단정했고, 눈도 사슴처럼 똘망똘망했고, 얼굴도 조그만 했다. 공부도 잘하고 조용해서 선생님들의 총애를 한 몸에 받았다. 그런 아이가 혼자인 이유는 나도 잘 모른다. 나야 내 주위에 별 관심이 없어 그 아이가 혼자인지도 얼마 전에 알았지만, 내 짝인 예린이의 말로는 집이 가난해서 무시도 많이 당하고 친구들이 많이 놀렸다고 한다. 하지만 가끔씩 그 아이를 향한 질투의 말이 들리기도 했다. 예쁘고 공부도 잘했기에 또래 친구들이 질투하는 것은 어쩌면 당연했다. 그 아이를 때린다거나 욕을 하는 것은 아니었지만 철저한 무관심이었다. 같은 반 아이들 모두 그 아이에게 관심이 없었고, 그냥 없는 셈 쳤다. 어쩌면 그때부터일지도 모르겠다. 그 아이에게 동정심이 든 것은. 동정 받는다는 게 썩 기분 좋은 일은 아니라는 것은 알지만, 왠지 모르게 그 아이가 불쌍하게 느껴지고 관심이 갔다. 사실 나도 그 아이를 동정할 입장은 아니었다. 나도 어쩌면 왕따나 다름없었으니.

다음 날, 변화가 조금 생겼다. 아침 일찍 등교한 나와 그 아이 둘뿐이던 교실은 늘 정적에 휩싸여 폭풍이 휩쓸고 지나간 바다처럼 고요했지만, 오늘은 내가 먼저 "안녕."이라고 소심하게 한 마디를 건넸다. 나도 다른 사람에게 먼저 말을 건네고 친해지는 것에 익숙지 않아서 좀 더 밝게 인사를 하고 싶었지만 결국은 짧고 조용히 단 두 글자만 말했다. 그 아이는 천천히 나를 향해 고개를 돌리더니 나를 잠시 바라보다 나와 똑같이 "안녕."이라고 답했다.

이 짧은 인사는 며칠이나 계속 반복됐다. 조금 달라진 것이라고 하면 나에게 인사를 건네는 그 아이의 입가에 미소가 걸려 있었다는 점 정도이다. 늘 둘뿐인 교실은 인사를 하고나서는 말소리 하나 없이 조용했으나 왠지 모를 어색한 느낌보다는 따뜻하고 편안한 느낌이었다. 자리에 앉고 나면 그 아이처럼 나도 멍하니 창 밖을 바라봤다. 그 아이와 나의 시선이 같은 곳을 바라보고 있는지는 모르겠지만, 왠지 모르게 나와 같은 생각을 하고 있을 거란 느낌이 들었다.

나는 고독을 즐기는 편이었지만, 솔직히 외로움을 느낄 때가 가끔씩은 있었다. 그 외로움이 가장 크게 느껴질 때가 점심시간이다. 밥을 혼자 먹는 것에 크게 개의치 않았지만, 어느 날 나를 딱하게 보는 듯한 동정의 눈빛을 받은 뒤로는 급식실에 가지 않았다. 쓸데없이 자존심만 세서 남이 나를 동정하는 것은 정말 싫었다. 내가 급식을 먹지 않은 뒤로는 점심시간엔 교실에 나와 그 아이만 남았다. 대화 한 마디도 나누지 않아 적막이 흐르는 교실이었다. 그러나 어쩌다 한 번씩 눈이 마주칠

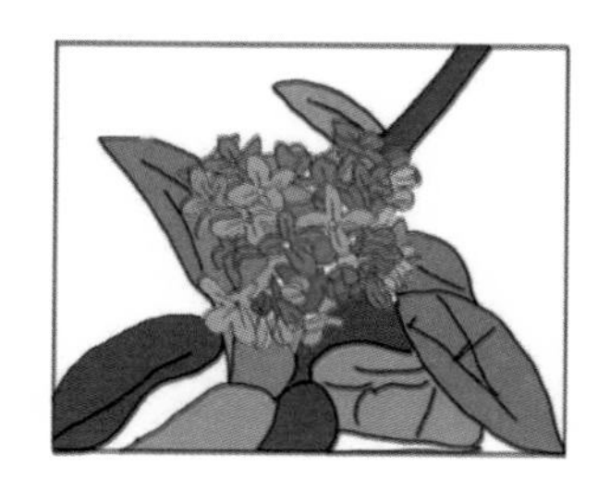

때면 그 아이는 입 꼬리를 살짝 올려 씨익 웃어주었다. 그 웃음이 너무 예쁘고 다정해서 내 주위에 친구들이 수십 명은 있는 것처럼 따뜻하고 좋았다. 그 아이가 연보라색을 닮았듯, 그 아이의 청초한 웃음은 연보라 빛이었다.

그 웃음이 마지막이었다. 평소와 같이 아침 일찍 등교하였지만 그 아이의 모습은 보이지 않았다. 조금 늦는 건 줄 알았지만 수업 시작종이 칠 때까지 그 아이는 오지 않았다. 그 아이는 이사를 가게 돼서 다른 학교로 전학을 갔다고 선생님께서 대신 말해 주셨다. 뭔가 조금은 서운했다. 어쩌면, 내가 처음 안녕이라는 말은 건넨 순간부터 누구도 말하지 않았지만 우리는 친구가 되었을지도 모른다. 서로 긴 대화를 나눈 적도, 서로 알고 있는 것도 없다. 그 아이와 나눈 게 짧은 인사 한 마디와 작은 웃음뿐이었다. 그런 사소한 것들이 내 외로운 학교생활을 조금이나마 즐겁게 바꿔주었다.

'혼자' 가 편했지만 '함께' 를 열망하는 나는 모순적이었다. 혼자가 편하고 즐겁다면서 외로운 학교생활 중에서 나와 함께 있어줄 누군가를 끈임없이 찾는 나는 모순적이었다. 그 모순은 아마 혼자라는 것을 부정하기 위한 발버둥이 아니었을까. 잠깐이지만 함께이기에 즐겁고 행복했다. 말 한마디 없는 사소하고 작은 우정이지만 나는 그것에 기뻤다.

그 아이는 여름이 찾아와 봄을 밀어낼 무렵 떠났고, 등굣길에 아름답게 만개한 수수꽃다리도 천천히 아름다움의 막을 내렸다. 다시 혼자에 익숙해진 나는 외로움을 느낄 때마다 그 아이의 따뜻한 연보랏빛 웃음을 떠올리고는 한다.

안녕. 괜찮아? 힘내!

'고교생, 동급생에 노예계약, 치약과 흙 섞인 눈 먹이고 몸에는 낙서.' 이런 끔찍한 내용은 바로 최근 일어난 한 학교 폭력 관련 기사의 내용 중 한 부분이다. 동급생이 저질렀다고는 감히 상상도 할 수 없을 만큼 악랄하고 잔혹하다. 치약을 먹이고, 잔디에 물을 준다며 정수리를 밀어버리고, 심지어는 바지를 내리고 음모를 뽑는 등. 피해자가 얼마나 심한 수치심과 절망을 느꼈을지 겪어보지 않은 나로서는 짐작하기조차도 힘들고 죄스럽다.

저런 끔찍한 이유를 저지른 이유는 바로 무엇일까? 자신 있게 말할 수 있다. 아마 별 이유 없을 것이다. 외모가 맘에 들지 않다던지, 성격이 소심하다던지, 혹은 너무 착하고 완벽한 아이라서 열등감을 느낀다던지. 대부분의 학교 폭력이 아마 이런 말이 안 되는 사소한 이유로 일어나고 있다. 피해자가 잘못을 한 것도, 죄를 저지른 것도 아닌 단지 외모나 성격 때문에, 그것도 아니라면 그냥 친구들에게 자신을 과시하기 위해서 악랄한 일을 저지른다.

하지만 그런 모습이 전혀 멋있어 보이지는 않는다. 오히려 멍청하고 한심하게 느껴진다.

나이가 어리다는 이유 하나로 처벌 수위가 매우 작다. 끔찍한 일을 저질렀던 사람은 커서 어린 날의 부끄러운 실수라며 잊어버릴 수 있겠지만, 그런 끔찍한 일을 당한 어린 아이는 평생 그 아픈 기억을 마음속에 담아둔 채 살아가야 할 것이다.

하이에나 떼 앞에서 약한 한 마리 사슴은 굴복할 수밖에 없다. 맞서 싸워보아도 아마 그 싸움의 결과는 참혹하지 않을까. 하지만 다른 사슴들이 힘을 합해 싸워준다면? 그것도 힘들다면 사슴 한 마리가 사자에게 도움을 요청한다면? 아마 그 결과가 조금은 바뀔 것이다. 또는 사슴을 괴롭히는 못된 하이에나가 사자에게 조금의 벌이라도 받지 않을까?

약한 초식동물들은 무리지어 다니면서 강한 육식동물들의 위협으로부터 자신들을 보호한다. 자신들의 새끼를 지키기 위해 새끼를 중심으로 둘러싸서 보호하기도 한다. 사슴이 하이에나에게 공격당하고 잡아먹히는 그런 끔찍한 광경을 보고 있지만 말고, 같은 사슴들이 힘을 합쳐 맞서 싸워준다면, 불쌍한 사슴에게 조금의 도움이라도 준다면 결과는 어떻게 될지 아무도 모르는 일이다.

나도 한낱 약한 사슴이기에 하이에나가 조금은 무섭다. 혹시 저 괴롭힘을 당하는 사슴 대신 내가 당하게 되는 것은 아닐지, 나까지 위협을 받는 것은 아닐지 걱정이 된다. 하지만 그렇다고 그런 끔찍한 광경을 보고만 있는 것은 악순환의 반복이 아닐까. 그 하이에나가 더 날뛰고 악랄해져 더 많은 사슴들이 다치기 전에 도와준다면 그래도 조용하고 평화로운 세상에서 살 수 있다.

괴롭힘을 당하는 사슴을 도와주는 것은 생각보다 어렵지 않다. 착하고 인자한 사자에게 가서 도움을 요청할 수도 있고, 위로를 해주고 같이 있어줄 수도 있다.

'안녕' 이라는 한 마디가 하루를 활기차게 시작하게 해주는 비타민이 되기도 하고, '괜찮아' 라는 한 마디가 무엇보다 따뜻한 위로가 되기도 한다. 그리고 '힘내' 라는 한 마디가 그 무엇보다 힘이 돼 주는 활력소가 되기도 한다. 말은 칼보다 무섭고 아픈 무기이기도 하지만, 그 무엇보다 강하고 든든한 방패이기도 하다. 그 아픈 무기로부터 견딜 수 있게 나를 도와주고 보호해 준다.

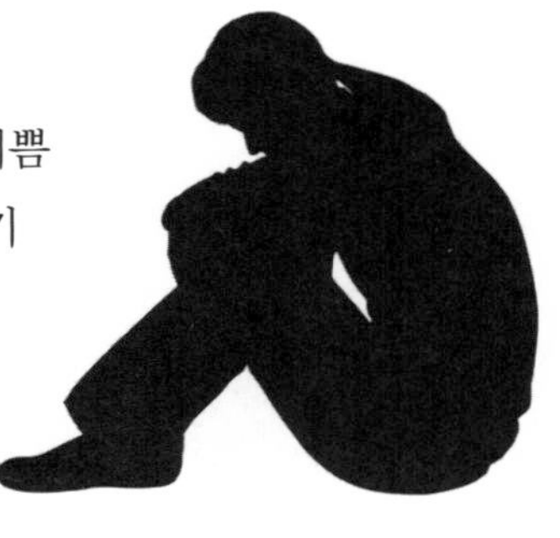

함께라는 것은 참 좋다. 함께이기에 기쁨은 2배가 되고 슬픔은 반이 된다. 나의 기분을, 나의 하루를 나눌 수 있다는 그 사실만으로도 행복하다. 가끔은 그 무엇도 아닌 단지 함께라는 이유로 불행했던 기억들이 괜찮아질 때가 많다. 같이 있어주는 것이 가장 큰 힘이 되고, 나의 말을 들어주는 것만으로도 위로를 받는다.

나의 이야기를 아무도 들어주지 않고, 정말 힘든데 나를 아무도 알아주지 않는다면 그때 나의 기분은 아마 처참히 짓밟히고 온몸이 갈기갈기 찢어진 느낌이 아니려나. 나도 가끔씩 드는 소외감에 외로움을 느낄 때가 많은데, 진짜 혼자뿐인 여린 아이는 얼마나 절망과 슬픔에 갇혀 있을지 모르겠다.

혼자 무리에서 떨어져 소외되어 있는 사슴을 본다면 '안녕?' 이라고 따뜻한 인사해 주는, 혹은 '같이 밥 먹을래?' 라고 관심을 가져주는 그런 착한 사슴들이 많아진다면 하이에나도 사슴을 쉽게 생각하지만은 않지 않을까?

앞으로는 서로 생각해 주고 관심을 가져주는 사슴들이 많아져서 따뜻하고 건강한 학교가 되었으면 좋겠다. 하이에나에게 괴롭힘을 당해 울고 망가진 사슴보다는, 친구 사슴들과 함께 웃고 있는 사슴을 보고 싶다. 교실에 홀로 외로이 앉아 있는 쓸쓸한 모습보다는, 친구와 함께 뛰어 노는 밝은 모습을 보고 싶다. 그런 모습들로 가득 찬 밝은 학교가 나는 정말 보고 싶다.

안다미로

내가 어렸을 때, 내가 태어났을 때부터 나는 다른 아이들에 비해 조금 작은 편이었다. 엄마의 말을 들어보면 2.8kg으로 태어났다고 하는데 초등학교 입학 전까지만 해도 또래보다 키도 훨씬 작고 몸무게도 현저히 덜 나가는 편이라서 가족들이 걱정을 많이 했었다. 그런데 다행히도 초등학교 입학 후에는 키도 또래랑 비슷하게 자라고 몸무게도 쑥쑥 불어났다.

어릴 때 난 호기심이 정말 많은 편이었다. 입에 '왜?' 라는 질문을 달고 살았고 신기한 건 만져보아야 하고 내가 한 번 직접 해봐야 직성이 풀려서 밖에 놀러나가면 사고를 많이 쳤었다. 뭐, 지금도 궁금한 건 꼭 알아야 하는 성격 때문에 주변 사람들이 많이 귀찮아하긴 하지만 말이다. 궁금증이 하나 생기면 상황이 어떻든 간에 인터넷 검색을 하거나 옆에 있는 사람에게 질문을 했다. 발명도 호기심에서 시작된다고 했고, 궁금한 게 많았던 만큼 필요 없이 아는 것도 많았다.

호기심도 내 장점이라고 생각했기에 나는 내가 그릇이 큰 사람이라고 생각했었다. 그래서 내 초등학교 때 꿈은 장관, 대통령 같은 어쩌면 조금은 비현실적인 꿈이었다. 요즘에는 내 그릇이 작아진 건지 보다 현실적인 꿈을 찾기 시작했다.

내가 어릴 때는 난 못하는 게 없다는 자만이 나를 가득 채우고 있었다. 그래서 시험을 볼 때도 '나는 공부 안 해도 잘 할 수 있으니까.' 라는 안일한 생각을 가지고 있었고, 다른 아이들의 나보다 조금은 낮은 점수를 보면서 상대적 우월감을 느끼고 있었다. 그때는 공부를 잘 해야만 선생님들이 나를 아껴주고 칭찬해 주며 주위 사람들에게 인정을 받을 수 있다고 생각했다. '우물 안의 개구리' 라고 그저 이 작은 시골의 학교에서 공부를 잘 하는 편이었던 것뿐인데 나는 내가 뛰어난 능력을 가지고 있다고 단단히 착각하고 있었다. 내 생각들은 모두 나의 그릇된 오만이었다.

그러나 내가 점점 크고 생각도 함께 자라면서 내가 남들보다 뛰어난 편이 아니라는 것을 알게 되었다. 나는 그냥 평범한 아이이고, 공부를 조금 잘 한다고 해서 사회에서 인정받지 않는다는 것을 깨달았다. 그래서 시험을 볼 때면 남들에게 무시당하거나 창피하면 안 되니까 잘 봐야지 하고 생각했다. 내가 공부를 하는 이유는 내 미래를 위해서가 아닌 단지 다른 사람들에게 칭찬받기 위해서였다.

내가 중학교에 입학하고 나서 첫 시험을 볼 때 내가 받아본 시험 점수 중에 가장 낮은 점수를 받았다. 친구들도 네가 이 점수를 받았냐면서 놀라워해서 물론 그런 의도는 아니었겠지만 무시하는 듯한 그 말들이 너무나도 싫었다. 그래서 나는 한 번도 들어본 적 없는 인터넷 강의를 매일 저녁마다 2~3시간 씩 일주일 정도 미친 듯이 들었었다. 물론 내가 끈기가 좋은 편이 아니라 금방 포기하긴 했지만 내 스스로 공부를 해본 것은 처음이었다.

다른 아이들에게 자꾸만 열등감을 느끼고 내 그릇이 그리 크지 않다는 생각이 자꾸 내 마음을 지배해서, 나는 잘 하는 게 없으니까 그렇다고 예쁘지도 않으니까 남들보다 공부만이라도 잘 해야 한다고 생각했다. 공부가 인생의 전부는 아니지만 인생의 전부도 아닌 공부를 못하면 되겠냐는 생각이었다. 하지만 공부를 마음먹고 하기가 생각대로 잘 되지 않아서 착잡했다. 그래서 내가 정한 목표가 내가 좋아하는 걸 먼저 찾아보는 것이었다.

Let it be, 우리 집의 가훈이자 나의 좌우명이기도 하다. 해석하면 '그냥 둬라.' 라는 뜻인데 그래서 나는 정말 그냥 되는 대로 놔뒀다. 학교 수업도 나름대로 열심히 듣고, 집에서 하는 과외도 그냥 잘 들었다. 내가 원래 하는 대로 그냥 두니까 길이 생겼다. 수업을 들으면서 내가 흥미 있어 하는 것도 알고 내가 잘하는 것도 찾았다.

그리고 계획한 내 두 번째 목표가 내 그릇을 크게 하자이다. 대기만성이라는 사자성어가 있다. 큰 그릇은 늦게 만들어진다는 뜻인데 나도 내 그릇이 크기에 늦게 만들어지는 것이라 믿고 늦게 만들어졌지만 큰 나의 길을 걸어가고 싶다. 먼 훗날에는 내가 나의 그릇보다 더 뛰어난 사람이 되어 있기를 바란다.

예뻐

지금의 나는 중학교 3학년, 나이로 치면 내가 학교에 1년 일찍 입학했기 때문에 15살. 어른들이 보기에는 마냥 어린 나이이다. 보통의 학생들이 사춘기를 겪는 시기이니만큼 나 또한 다른 아이들과 별반 다를 것 없이 꾸미는 것에 관심이 많다.

유독 우리나라는 외모지상주의가 더욱 심한 나라라서 더 그런 것 같다는 생각도 든다. 요즘엔 잘생기고 예쁘면 다 된다는 세상이라서 나는 나의 외모를 비하해 왔던 것 같다. 그렇기에 조금이라도 나를 더 꾸미고 싶어서 내 옷, 내 가방, 내 신발, 모두 내 것을 사는 데 바빴던 것 같다. 엄마와 함께 쇼핑을 가더라도 평소에 내 옷을 찾아보고 내가 맘에 드는 것이 있다면 엄마에게 사주면 안 되냐면서 칭얼거렸다. 정작 나는 엄마가 이 옷 어떠냐고 물어도 내 옷을 찾느라 바빠 엄마의 질문은 귀를 막아버린 듯 잘 답해주지 않았다. 엄마도 나와 똑같은 여자이고 꾸미고 싶다는 마음을 당연히 가지고 있을 텐데, 너무 내 생각만 해왔던 것 같다.

엄마가 집에서 TV로 홈 쇼핑 채널을 보면서 맘에 드는 옷이 있을 때 너는 어떠냐고 물어도 제대로 보지도 않은 채 괜찮은 것 같다며 성의 없이 대답하곤 했다.

엄마가 거의 10년 동안 해왔던 사무장 일을 그만 두고 서귀포시와 제주시에 번갈아가며 출근하고 사람을 많이 만나게 되는 직업을 갖게 된 탓에 올해 들어 꾸미는 것에 관심이 많아졌다. 그도 그럴 것이 사무장 일을 할 때에는 거의 영락리 마을 회관으로만 출퇴근하기 때문에, 그리고 만나는 사람들이 오랫동안 봐왔던 잘 아는 마을 할아버지, 할머니들이기에 그냥 단정하게만 입었지 옷차림에 그리 큰 신경을 쓰지 않았다. 마을에서 일을 하니 엄마가 입는 옷은 대부분 마을 단체복이나 이사무장 단체복, 즉 다 등산복이기 때문에 엄마는 늘 편한 복장으로 회관에 출근했다.

그러나 요즘 들어 엄마가 꾸미는 것에 관심을 가지면서 내가 엄마의 스타일리스트가 되어주고 있다. 그리고 나도 이제 나의 옷보다는 엄마 옷을 먼저 고르고 찾아주고 있다. 엄마가 옷이 필요하다며 쇼핑을 하자고 할 때면 무조건 내가 따라가서 옷을 직접 골라주고 평가해 준다. 엄마에게 정말 잘 어울리는 옷이면 뿌듯한 마음으로 골라드리기도 하고, 이제는 엄마가 보다 예쁜 옷을 입었으면 하는 바람에 엄마의 쇼핑에 내가 하나하나 다 간섭하고 있다. 옷차림뿐만 아니라 머리 스타일을 골라드리기도 한다.

또한 나는 엄마의 립스틱 색깔을 골라드리기도 하고 옷에 하는 목걸이나 팔찌 같은 작은 액세서리들까지 골라드리기도 한다. 물론 내가 골라드리는 것을 엄마가 다 마음에 들어 하는 건 아니다. 가끔씩은 내가 골라드린 옷이 별로인 것 같다며 바꿔 입겠다고 할 때도 있지만 그래도 나는 엄마가 내가 골라드리는 옷을 입을 때 가장 예뻐 보였기에 고집을 부리곤 한다. 엄마의 입장으로는 조금 짜증이 날 수도 있겠지만 그래도 엄마가 다른 사람들에게 더 예뻐 보였으면 하는 마음이니까 이해해 줬으면 좋겠다.

엄마는 평소에 원색을 좋아한다. 예를 들어 샛노란 색, 보라색, 빨강색 같은 색 말이다. 그와 반대로 나와 언니는 무채색이나 연한 톤의 색을 좋아하기 때문에 엄마의 의견과 늘 충돌한다. 그리고 나는 엄마가 등산복, 특히 색이 화려한 등산복을 입는 것을 별로 좋아하지 않아서 등산복은 사지 못하게 하고 있는데 내가 계속 사지 못하게 하니 엄마가 나 몰래 등산복 3벌을 사온 것을 보고 웃곤 했다.

엄마도 스타일이 있고 입고 싶은 옷이 있겠지만 그래도 난 엄마가 좀 더 예쁜 옷을 입었으면 좋겠다. 이제는 엄마의 옷에 대한 간섭을 줄여 보려고 하겠지만 그래도 완전 이상한 옷은 안 될 것 같다는 생각이 든다. 그래도 옷이 날개라는 말이 있듯이 엄마가 예뻐지니까 내가 다 뿌듯하다. 앞으로는 더 예쁜 내 엄마가 되어줘!

예쁜 엄마의 손

우리 집은 은행, 병원, 편의점 등 집을 제외하고는 아무것도 없는 작은 시골 마을에 있다. 장을 보려고 하면 차를 타고 10분 정도 가야 하고 버스 정류장에 가려 해도 20분을 걸어야 하는 외진 곳이다. 그렇기에 집 앞에서 한라산이 손에 잡힐 듯 가까이 보이고 옥상에 올라가면 붉은 빛 노을이 아름답게 넘실대고, 밤하늘에서는 별들이 저마다 빛을 뽐내며 춤을 추기도 한다. 하지만 이런 우리 집 주변은 온통 밭이다.

대부분의 마을 사람들이 농사를 짓기 때문에 집보다 밭이 더 많다. 우리 가족도 별 다르지 않게 농사를 지으며 살아간다. 양파, 마늘, 콜라비, 브로콜리, 감귤 등 여러 종류의 농작물을 키우지만 요즘은 마늘을 수확하는 철이라서 거의 모든 밭에는 마늘을 수확하고 남은 마늘대만 줄 맞춰서 누워 있다.

시골에는 일손이 언제나 부족하다. 그래서 날을 정하여 20~30명 정도 되는 사람들을 모아서 일을 하고는 한다. 그중에서도 가장 먼저 가족들을 부르는데 언니들은 다 일을 가거나 약속이 있다고 해서 늘 큰언니와 나만 밭일을 도왔다. 당연히 하기 싫기도 했지만 그래도 할머니, 할아버지의 부탁을 거절할 수 없어서 순순히 밭에 따라갔다.

우리 엄마는 마을 사무소에서 근무하시는데 회의와 행사가 있을 때만 사무소에 가면 되기 때문에 행사가 없는 날엔 늘 밭에 가셨다. 물론 나도 새벽부터 깨워서 데리고 가셨다.

밭에 가면 보통 무거운 것을 들거나 옮기는 일을 주로 한다. 마늘을

심을 때면 마늘 포대를 옮겨주고, 감귤을 수확할 때면 가득 찬 귤 상자를 트럭 위에 차례로 쌓는, 보통 남자들이 주로 하는 일을 우리 집에선 언니와 내가 했다. 우리 집에 남자가 없기도 하고 힘이 세다는 이유에서였다. 계속 무거운 상자를 옮기는 일은 체력 소모가 커서 늘 힘이 들 땐 엄마에게 도움을 요청했다. 엄마도 힘들다는 것을 잘 알지만 힘들다고 투정을 부리고 잠깐 쉬고는 했다. 그렇게 아침 6시부터 저녁 6시까지 꼬박 12시간 동안 일을 하고 돌아오면 늘 손은 다 까져 있었다. 손을 다치는 것도 예사고, 다음 날이면 손은 붓고 손톱은 다 깨져 있는 경우가 다반사였다.

엄마가 초등학교 때부터 밭일을 시키셨다. 다른 친구들은 다 노는데 나만 밭에 가야 한다는 게 억울하기도 했고, 시험 기간이 농번기라서 시험 바로 전 날에도 밭일을 도와야 했다. 그리고 밭에 다녀오면 온몸이 멍투성이라서 가기 싫다고 울면서 떼를 쓸 때도 많았다. 그럴 때면 엄마는 내일은 밭에 꼭 오라면서 혼자 밭으로 향하셨다. 나는 엄마가 밭일을 할 때 힘들다는 말조차도 하지 않아서 괜찮은 줄로만 알았다. 그냥 엄마니까, 엄마는 늘 해왔으니까, 엄마는 힘이 세니까 밭일을 매일 해도 아프거나 힘들지 않은 줄 알았다.

얼마 전에 내가 늘 체해서 밥을 잘 먹지 못하기도 하고 엄마도 어깨가 아프다며 엄마와 친한 한의사 선생님께 갔었다. 엄마와 내가 침을 맞으면서 누워 있었는데 한의사 선생님이 엄마의 몸은 성한 곳이 없다며 더 이상 일을 하지 말고 좀 쉬게 하라고 당부하셨다. 그때 엄마가 많이 힘들었겠다고 처음 느꼈다.

또 한 번 느꼈던 건 나는 손가락이나 손목을 꺾는 버릇이 있다. 내가 그럴 때마다 엄마는 손을 보여주시면서 너 계속 손가락 꺾는 버릇하면 엄마 손처럼 못생긴 손이 된다 하면서 하지 말라고 하셨다. 그때 본 엄마의 손은 온통 쭈글쭈글하고 굳은살이 잔뜩 박여 거칠어보였다. 엄마가 요리를 할 때면 뜨거운 냄비를 아무렇지도 않게 잡아서 신기해 했는데 그게 아마 손에 가득한 굳은 살 때문이 아닐까싶다.

엄마가 요즘엔 친구를 도와서 조경 일을 하고 계시는데 새벽 5시에 나가셔서 밤 10시가 넘어서야 집에 들어오신다. 힘들다는 내색을 잘 하지 않으셨는데 진짜 힘드신 건지 늘 지쳐 아파하는 엄마를 보면 마음이 아프다. 험한 일을 하시다보니 더 거칠어가는 엄마의 손도 볼 때마다 정말 죄송스러운 마음뿐이었다.

이제 다른 곳에 취직을 한다고 하셨는데 엄마가 보다 편한 일을 하시면서 아프지 않았으면 하는 바람이다. 앞으로 내가 설거지나 빨래도 다 하고 더 이상 밭일을 할 때 손 아프다고 투정부리지도 말아야겠다고 마음먹었다. 땀 흘리며 일하시는 엄마도 정말 예쁘고 그 땀과 노고가 고스란히 담긴 손도 누가 뭐래도 참 예쁘다.

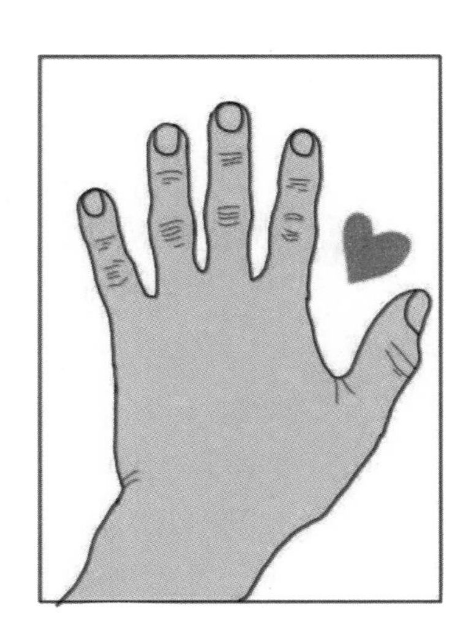

오늘도 내 시계는 똑딱똑딱

똑딱똑딱, 사각사각. 교실에서는 적막 속에서 연필 소리와 시곗바늘이 끝을 향해 달려가는 소리 밖에 들리지 않는다. 시험 시간이 종료와 점점 가까워질수록 아이들의 손은 더 바쁘게 움직인다.

내가 학교에서 시험을 볼 때마다 하는 생각이 하나 있다. 대부분의 과목 시험 문제를 풀 때 시간이 많이 남는 편이지만 계산이 오래 걸리는 수학이나 서술형 문제가 많은 과학은 시간이 부족할 때가 많다. 그에 반해 기술·가정이나 도덕 같은 비교적 쉽고 시간도 적게 걸리는 과목은 시간이 반 이상 남는다.

그런데 이상하게도 시간이 적게 걸리는 과목을 풀 때에는 시간이 엄청 느리게 가는 것 같고, 수학이나 과학 같은 과목을 풀 때에는 내 생각보다 시간이 엄청 빠르게 지나가서 당황할 때가 많다. 시험시간은 45분으로 모두 같지만 왠지 모르게 다 다르게 느껴진다.

시험 전 날이나, 왠지 모르게 기분이 좋은 날에 가끔씩 공부가 재밌게 느껴질 때가 있다. 그럴 때 집에서 오늘은 공부를 오래 해야겠다고 마음먹는다. 공부를 열심히 하다가 엄마가 오면 공부 엄청 오래 했다고 자랑하듯이 말하곤 한다. 나는 적어도 2시간은 넘게 공부한 것 같았는데 내 생각과 다르게 시간은 1시간도 지나 있지 않을 때가 정말 많았다.

그와 반대로 내가 TV를 보거나 컴퓨터를 할 때에는 얼마 하지 않은 것 같은데 몇 시간이 훌쩍 지나가 있다. 내가 좋아하고 즐거운 일을 할 때에는 시간이 2배로 빨리 가는 것 같고, 흥미가 없거나 힘든 일을 할 때에는 시간이 2배는 느리게 간다고 느낀다. 아마 거의 모든 사람이 한 번 쯤은 그렇게 느껴봤을 것이다.

저번 봄방학 때 가족들이 모두 모여 추자도로 향했다. 원래 2박3일로 계획하고 떠난 여행이었지만, 파도와 바람의 영향으로 배가 3번째 날 하루 종일 운항하지 않아서 뜻하지 않게 여행이 길어졌었다. 관광을 목적으로 간 여행은 아니었고 그냥 여행을 빙자한 가족끼리의 모임과 밭일로 지친 몸을 쉬게 하기 위한 것이 목적이었다.

그래서 추자도에 숙소를 하나 잡고 나가고 싶은 사람들만 몇 명씩 모여서 산을 오르고 바다에 놀러갔다. 하지만 나는 매일 엄마나 큰삼촌에게 잡혀 산에 오르고 바다 옆 도로를 걸었다. 내가 걷는 것을 정말 싫어하고 그게 산을 오르는 것이라면 더더욱 싫지만 추자도에서 4일은 정말 빠르게 지나갔다. 내가 싫어하는 일들만 매일 했는데도 불구하고 시간은 그 언제보다 빠르게 느껴졌다.

아마 내가 좋아하고, 함께 있으면 편안한 가족들과 함께해서가 아니었을까. 시간은 모든 사람들에게 공평하게 주어지는 몇 안 되는 것 중 하나다. 부족하다고 빌릴 수도, 남는다고 양보할 수도 없다. 내가 아무것도 하지 않아도 시간은 늘 흐른다. 시간은 멈추지 않으니까 기왕이면 난 내게 주어진 시간을 보람 있게 쓰고 싶다. 놀 때는 아무 걱정 없이 신나게 놀고, 공부할 때는 공부에만 집중하고 싶다.

시간이 남는다고 자거나 쓸 데 없는 일을 하기보다는, 보람 있는 일들로 내 시간을 가득 채워나가고 싶다.

내 가족, 내 친구들과 늘 행복한 시간을 보내면서 지내도록 내 시계는 느리게 천천히 갔으면 좋겠다.

내 시계는 언제나 느리지만 빠르게 열심히 달린다.

우과천청(雨過天晴)

날씨가 흐렸다. 하늘이 회색빛으로 물들었다. 먹구름이 내리쬐는 햇빛을 모두 가려 빛 한 줄기조차도 나를 비추지 못했다.

우리 가족의 가족사진은 평범한 가족의 가족사진과는 조금 다른 점이 있었다. 여자만 4명이었다. 어린 나는 어리석게도 그게 남들과 다른 줄은 전혀 몰랐다. 남들도 다 나와 똑같은 줄로만 알았다. 커가면서 현실을 직시했다. 나의 가족사진은 남들과 조금 다르다. 내 하늘은 어두웠다.

하늘에서 빗방울이 떨어지기 시작했다. 스스로 인정했다. 내 가족사진은 조금 다르다고. 나는 당당하게 내 가족사진은 다르다고 말할 수 있고, 아무렇지 않았다. 어린 마음에 조금 부끄럽고 속상하긴 했었지만 중학생이 되고 나서는 그런 어린아이 같은 생각은 하지 않게 되었다. 내가 그런 엄살을 부릴 나이는 아니었기에. 근데 나를 보는 다른 사람들이 꼭 나와 같은 생각을 하는 것만은 아니었다. 나를 동정했다. 그 동정의 시선은 언제 봐도 기분이 나빴다. 어쩌면 차라리 나를 무시하는 시선이 더 낫다고 생각했다. 나를 하대하는 건 꾹 참고 못 들은 척 넘길 수 있었지만, 동정의 시선은 끔찍이 싫었다. 그 시선들이 나의 하늘을 점점 검게 물들여갔다.

남들과 다른 가족사진은 일종의 꼬리표였다. 내 하늘을 강아지처럼 졸졸 좇아다녔다. 꼬리표가 내 하늘을 평생 좇아다닐 거라는 그 못된 누군가의 말에 나는 분노했다. 그 생각이 그릇된 생각이었다는 걸 눈앞

에서 똑똑히 보여주고 싶었다. 꼬리표 따위는 내가 노력하면 없앨 수 있을 거라 나는 믿었다. 내가 잘하면 나를 동정했던 그 시선들도 다 떨칠 수 있을 거라 확신했다.

비가 세차게 내리기 시작했다. 사실 힘들었다. 경제적으로 사정이 좋은 편은 아니었고, 마음고생도 많이 심했다. 내가 힘든 엄마에게 삽을 쥐어주고 있는 꼴은 아닐까. 엄마에게 손을 벌리고, 용돈을 달라고 부탁했던 내가 조금은 한심했다. 내 스스로 내 하늘을 검게 칠하고 있는 건 아니었을지. 후회하고 반성했다. 그래서 노력했다. 적어도 엄마에게 손 벌리지는 말자고.

그래서 그 후로 엄마에게 용돈은 받지 않았다. 아직 중학생이지만 어느 정도 돈은 필요하기 마련이기에 조금 벅차기도 했지만, 밝아질 준비를 하며 조금씩 새어 들어오는 햇빛에 뿌듯했다.

하늘이 맑게 개었다. 이제 내가 적어도 엄마에게 피해가 되는 딸이 아니라는 생각이 들었다. 이제 아무 상관없었다. 남들의 시선, 생각들 정도야 무시하고 웃으며 넘길 수 있었다. 내가 먼저 노력하여 바뀌면, 남들의 생각 정도야 쉽게 바꿀 수 있을 거라 확신했다.

비가 내리면 언젠가 하늘은 갠다. 어쩌면 비가 내린 뒤 갠 하늘이 그 어떤 하늘보다 맑다. 내 하늘은 비가 많이 내렸다. 맑은 날보다는 흐리고 비 내리는 날이 더 많았다. 하지만 남들보다 비가 조금 더 많이 내렸기에 비가 갠 하늘도 누구보다 밝고 맑을 거라 믿는다. 그렇기에 나의 하늘은 가장 맑다.

월백풍청(月白風青)

어느새 여름은 물러가고 가을의 문을 열었다. '이제 가을이구나.' 하고 느낄 때쯤 매번 찾아오는 게 추석이다.

민족 대명절이라고 하지만 사실 나에게는 소리 소문 없이 지나가는 하루일 뿐이다. 우리 집에서 추석에는 제사를 지내지 않기 때문에, 제사 음식은 하나도 먹지 못했고 오히려 집에서 홀로 라면을 끓여 먹었다. 엄마나 언니도 다 직장에 나가기 때문에, 나는 그저 집에서 누워서 외로이 시간을 보낸다. 그래서 추석이 나에게 큰 의미가 있는 날은 아니다.

특히 올해 추석은 가족들이 다 바빠 모이지도 못해서 추석 때 가장 많이 본 사람이 놀러 온 사촌 동생들이다. 추석 연휴가 꽤 길었는데, 오히려 학교에 나가고 싶을 정도로 나에겐 지루한 연휴였다. 그래도 추석 다음날에는 언니와 맛있는 것도 먹으러 가고, 쇼핑도 했지만 다른 아이들의 이야기를 들으면 왠지 모르게 부러웠던 마음이 사라지지는 않는다. 나와는 다르게 많은 친척들도 만나고 맛있는 명절 음식도 많이 먹은 것 같아서 괜히 부럽다.

굉장히 모순적이지만, 혼자 생각에 잠기는 것을 좋아하지만 혼자라는 사실을 외로워한다. 추석 당일도 나 혼자 있던 적이 많았는데, 그날은 유독 혼자 사색에 오래 잠겨 있었다. 의미 없는 생각들을 정말 많이 했다. 특히 어두운 밤이 되니 그런 생각들이 더욱 많이 들었다. 가을이 몰고 온 쌀쌀함에 투정을 부리기도 하고, 어둠 속 빛을 내뿜는 반딧불이들을 보며 반갑게 눈 맞추며 인사를 하고, 조용히 노래 부르는 귀뚜라미를 보며 속으로 나도 따라 노래를 부르기도 했다. 인터넷을 뒤적이다 우연히 추석에 '슈퍼 문' 이 뜬다는 뉴스를 봤다.

추석에 날씨가 그다지 좋지 않아 구름 때문에 달이 가려졌었는데, 늦은 밤 점점 구름이 떠나가고 밝은 달이 나를 반겼다. 아마 시골에서 누릴 수 있는 특권 중 하나가, 밤에 반짝이는 별들을 잘 볼 수 있다는 점일 것이다. 나는 유난히 반짝이는 별들 사이에 동그란 달이 떠 있는 모습이 좋았다. 달만 휑하니 떠 있기보다는 옆에서 별들이 많이 반짝이며 춤을 춰야 더 조화롭고 평화로워 보인다고나 할까. 대개 해님달님처럼 해와 달을 많이 묶어서 부르지만, 나는 달과 별의 조화가 더 아름다웠다. 서로 다른 시간 세상을 밝히는 해와 달보다는, 같은 시간 아름답게 서로를 비추는 달과 별이 더 행복해 보였다.

사실 난 감성적이고 직관적이기보다는 이성적이고 논리적인 사고방식을 갖고 있다. 그래서 떠 있는 달을 보며 그 은은한 아름다움에 매혹되기보다는 '보름달이 남쪽에 떠 있으니 자정쯤 됐겠구나.', '지금이 보름달의 남중 시간이니 가장 잘 보이겠다.' 같은 과학적인 예측을 하고는 한다. 특히 과학 시간에 달에 대해 배우고 나서는 그런 생각을 더 자주 하게 되었다. 그래서 달을 볼 때면 과학적인 사고를 하고 있는 나를 보며 괜스레 웃고는 한다. 사실 내가 그렇게 달을 자주 보는 것은 아니다. 밤에 집 밖으로 잘 나오지 않기에, 추석이니까 오랜만에 보름달이나 보자는 핑계로 오랜만에 달을 마주했다. 이 기회가 아니면 보통 할머니 집에 심부름을 가면서 잠깐 마주하는 게 다였다. 그래서 대부분 내가 자주 보는 달은 반달에서 보름달로 넘어가기 전인 달의 모습이다.

나는 이 달을 보르스름 달이라고 불렀다. '조금 노랗다' 를 '노르스름하다'고 하는 것처럼 보름달과 가까운 달이니까 '보르스름하다' 고 불렀

다. 물론 보름은 열닷새 동안을 뜻하는 것이기 때문에 '노르스름하다' 와는 전혀 다른 이치겠지만. 추석 때 본 달은 보르스름하지 않고 매우 동그랬다. 평소와는 다르게 오늘은 추석이라는 전제 조건을 가지고 달을 마주해서 그런지 유독 동그랗고 밝았다. 저녁엔 구름에 가려져 아쉬웠는데, 그런 나를 보며 보란 듯이 자신을 가린 커튼을 걷어내고 환한 자태를 드러내줘서 고마웠다.

많은 사람들이 흔히 보름달을 보며 소원을 빌고는 한다. 나는 '어차피 될 일은 되고, 안 될 일은 안 돼.' 이런 부정적 사고방식을 갖고 있다. 그리고 괜히 허황된 기대에 부풀고 싶지 않아 소원을 빌지는 않는다. 그래도 오늘만은 부끄럽지만 괜히 달에게 내 소원을 고백해봤다. 뭐, 흔해 빠진 '가족 모두가 건강하고 행복한 삶에 머무를 수 있게 해주세요.' 지만. 크게 바라는 것도, 원하는 것도 없기에 저 소원 하나만으로도 충분했다. 저 소원을 이루게 될지, 아닐지는 개개인이 어떻게 하느냐에 달렸겠지만 그래도 그날따라 유독 밝고 은은한 아름다움을 풍겼던 달이 우리 가족에게 조금이나마 도움의 빛을 밝혔기를 마음 한 구석에 바라본다.

가을이 어느새 달려와 유난히 쌀쌀했던 올해의 추석은 유달리 따뜻했다. 따뜻한 빛을 내리 쬐던 그 둥근 달처럼 우리의 삶도 모난 데 없이 둥근 달처럼 잘 굴러갔으면 한다.

강민석

가을1
가을2
구름
군고구마
보름달
숲
친척
하늘

가을1

논에 벼들이 점점 노랗게 물든다.
새들도 논에 날아다니며
벼들을 쪼아서 먹는다.

옆에 허수아비 한 명만 있었으면
새들이 무서워서 가까이 가지 않겠지.
주인이 걱정을 안 해도 되겠지.

가을2

논에 허수아비 하나 서있네.
아주 쓸쓸해 보이네.

새들도 무서워 가까이 가지 않아 허전하네.
허수아비 하나 더 있으면
다른 허수아비는 쓸쓸해 보이지 않겠지.

허수아비를 친근하게 만들었다면
새들이 허수아비 옆에 붙어 허전해 보이진 않겠지.

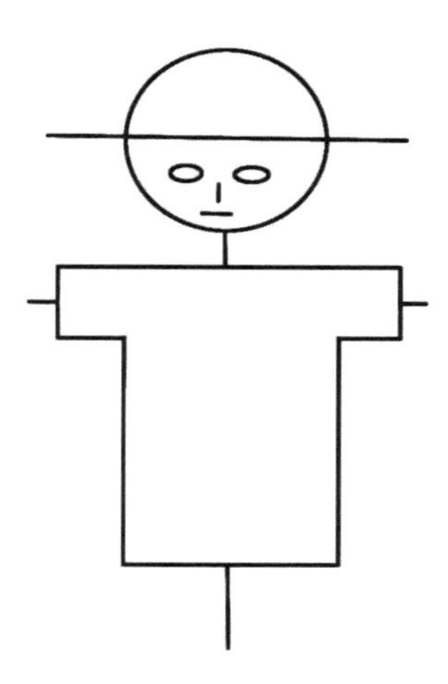

구름

하늘이 예쁘다.
구름들이 모여 표정을 만든다.
표정 말고도 여러 가지를 만든다.
사람들은 그것들을 보고 다 다른 생각이다.
어떤 사람은 웃는 얼굴
어떤 사람은 자동차 같다고

사람들은 구름을 보고 다른 생각을 한다.
구름은 마음에 따라 모양들이 정해지거나 변한다.
그것도 상상하는 것의 차이다.

군고구마

고구마가 잘 구워졌네.

한 입
먹고 나니 또
먹고 싶네.

김치 얹어 먹으니
하늘을
날 것 같네.

한 개를
다
먹으니 또
먹고 싶네.

중독되는
그
맛.

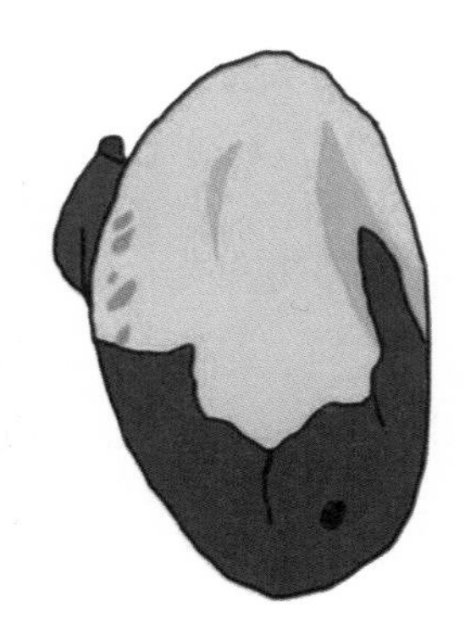

보름달

아침에는
안 보이고
저녁이 될 때쯤에
보이는 달

추석에는
보름달이 뜨지

보름달이 뜨면
어색함이 사라지고
친척들은
시끌벅적 얘기를 나누며
송편을 먹지.

숲

숲에 나무들이 자란다.
먼저 자란 나무가 햇볕을 가리고
작은 나무는 썩어간다.

큰 나무들이 욕심이 많다.
물도 뺏는다.

계속해서 그러다가
작은 나무는 죽었다.

친척

추석 전 날 친척 집 가서
친척을 보는 어색함
감추려 얘길 꺼낸다.

그 다음날 내가 먼저 꺼낸 얘기 때문이지
어색함이 사라지고 시끌벅적하다.

하늘

가을 하늘이 점점 높아져 가네.
높은 하늘을 보면
내 마음도 편안해진다.

하늘이 파랗고 높고
날씨도 선선하니
들판에 누워 낮잠을 자고 싶어지네.

고지완

가을1

여름에서 벗어나
조금은 추운 가을

겨울은 아니지만
쌀쌀한 가을

여름도 아니고 겨울도 아닌
뭣도 아닌 가을은
나의 스트레스를 풀어주는 친구이다.

스트레스 쌓인 게 있으면
괜히 하늘에다 투정부리고

스트레스가 또 쌓이면
하늘한테 소리를 치는 나다.

그런 나의 투정과 외침을
다 받아주는 가을
너는 참 좋은 친구이다

오늘도 한껏 투정부리고
하루를 마무리 하는 나

내 마음을 알아주는 너
네가 있어 든든하다.

가을2

학교 끝나고 학원 가는 길에
보이는 단풍나무 한 그루

푸른 소나무 옆에서
빠알간 잎을 자랑하는
단풍나무는 마치 풋사과들 사이에 있는
백설 공주의 사과 같았다.

몇 년 전에 봤던 나무가
아직도 있다는 것에 신기해서
단풍나무 아래에 서서
잎을 관찰하는 나

가만 보니 예쁜 잎에
넋을 놓고 계속 바라보았다.

그렇게 계속 바라보니
그제야 가을인 것을 실감하는 나

단풍나무에 빠져

시간을 보내다보니
으아아아 지각이다!

결혼식

대학교를 졸업한 후
남자 친구랑 결혼한 우리 언니

어린 나이에 웨딩드레스를 입은
우리 언니

옷이 날개라더니
그 말이 맞는 것 같다.
오늘따라 예뻐 보이는 우리 언니

행복하게 웃음 짓는
언니를 보니
덩달아 올라가는
내 입꼬리.

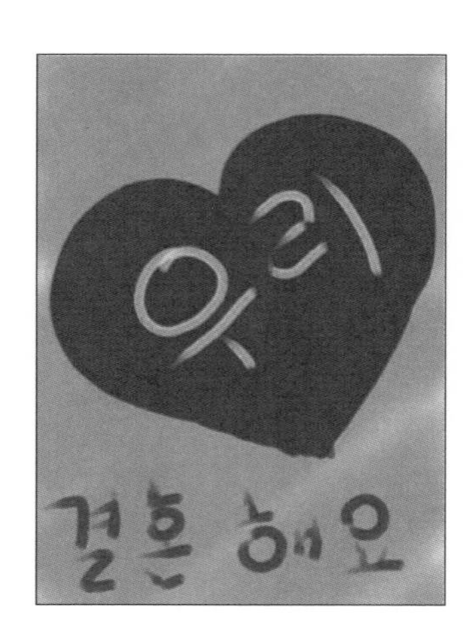

그릇

못생겼든 예쁘든
그릇은 어차피 다 똑같은 그릇이다.

똑같이 음식을 담을 수 있고
선물할 수 있다.

그런데 사람들은 늘 비교하며
예쁘게 만들어진 그릇만을 선호하고 선택한다.

왜 그렇게 판단할까?
못생겼든 예쁘든
다 똑같은 그릇인데.

시험

오늘따라 날이 더 좋다.
마치 나를 약 올리듯

오늘은 우리 모두가 싫어하는
공포의 중간고사다.

어제 정말 열심히 공부했는데
다 까먹을 것 같다.

1교시에 자습하고
눈 깜짝할 새 다가온 2교시

2교시는 어려운 국어 시험이다.
잔뜩 긴장하며 봤는데
어라, 생각 외로 괜찮네.
조금은 편하게 시험을 봤다.

국어 답지가 나오니
나오는 건 한숨소리
서술형에서 실수해서 3점이나 깎였다.

다음 시간은 자습 시간
45분이 또 흐르고 시험을 보고
공부하고 시험 보고의 연속이었다.

오늘 본 시험은 기말고사보다
점수가 조금씩 올라 있어서
기분이 하늘같았다.

다음 날에도 어김없이 하늘은 맑다.
오늘은 마치 나에게 응원해주는 것 같다.

이번에는 1교시부터 시험이다.
민방위 훈련 때문에
시간표가 엉망이다.

1교시 시험이 끝나고
2교시 시험이 끝나고
4교시 시험이 끝났다.

이제 남은 건 7교시

과학 시험이다.

점심을 먹고 하늘을 보니
아직도 푸르게 빛나고 있다.

어제처럼 점수가 잘 나오기를
두 손 모아 기도한다.

하지만 나에게 보인
내 점수는 충격적이다.
하늘이 빛나던 것이
나를 조롱하던 것이었나 보다.

학교가 끝나고
여전히 밝은 하늘과
내 마음 속에서 여전히 몰아치는 폭풍

하늘은 나에게 보란 듯이
더 환하게 빛나는 것 같다.

비라도 내렸으면 했지만
오늘 하늘은 끝까지 구름 한 점 없이
깨끗했다. 마치 나를 비웃듯이

평소에는 좋은 하늘이지만
오늘따라 하늘이 너무 밉다.

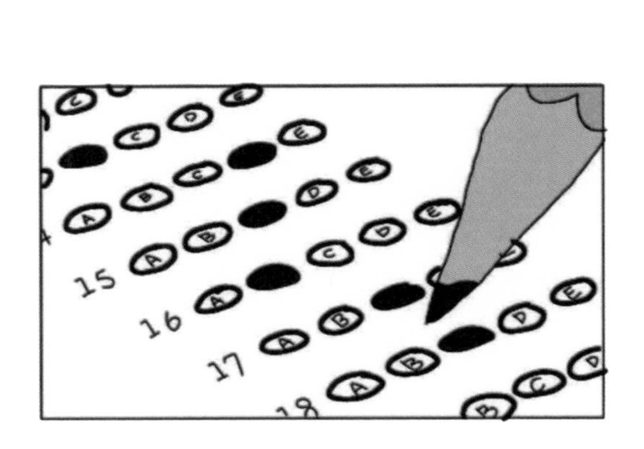

앞머리

점심을 먹고 한참 고민하는 나
앞머리를 자를까 말까.

그렇게 틈틈이 고민을 하다 보니
어느새 벌써 밤이다.

오늘도 결정 못 한
나의 앞머리

어떻게 하지?
잠들기 전에도 고민하는 나

친구들에게 물어보면
항상 갈리는 대답들이
나를 더 고민하게 한다.

이런 것 하나도 결정 못 하는 나는
지금 정말 바보 같다.

결국은 몇 주 동안

결정을 내리지 못한 나는
결국 한 번 잘라보기로 결정했다.

잘라보니 역시 자르지 말 걸
혹시나 했더니 역시나 망했다.

망한 내 머리를 보니
내 마음에는 천둥번개가
우르르 쾅쾅

이 머리를 계속 하고 다녀야 한다는 사실에
내 마음에는 한 번 더 천둥번개가
우르르 쾅쾅

이제부터는 미용실에서
앞머리 자르지 말아야지.

다음에는 친구한테
부탁해 볼까?

왕따

"애들아, 안녕."
하고 인사를 해도 돌아오는 건
친구들의 무시

오늘도 어김없이
한숨을 쉬며 시작하는 하루

수업시간이 끝난 후
찾아오는 쉬는 시간
아이들이 제일 좋아하는 쉬는 시간
내겐 정말 지옥 같은 쉬는 시간

"지인아, 잠깐 얘기 좀!"
나를 부르는 친구들
그러면 나는 "으응." 대답한다.
무슨 일이 일어날지 알면서도
나는 하루하루를 힘겹게 살아가는 하루살이 같다

그리고 쉬는 시간이 끝난 후
나의 몸에는

여기저기 멍이 들어 있다.
그런 나는 고통과 슬픔을 참고
웃어야 하는 광대이다.

친구들이 하루에 한 번 나를 찾을 때마다
내 몸에 쌓여가는 멍들
몸에 생기는 멍들과 함께 생기는 마음의 멍들
언제부터인가 내 상처는 썩어 곪아간다.

'도대체 내가 뭘 잘못한 거지.'
'어디서부터 잘못된 걸까?'
하는 생각을 매일 해봐도 도통 알 수가 없다.

내가 무슨 짓을 해야 이 길고 긴 생활이 끝날까.
내가 죽으면 이 괴로움도 끝나는 건가.

죽고 싶은 심정으로 학교 옥상에 서면
'내가 죽으면 엄마는 어쩌지?'
'아냐. 잘하는 것도 없는데 엄마도 나를 싫어할 거야.'
생각을 고친다.

뛰어내리기 위해 옥상 난간으로 가는 순간
어떤 아이가 뛰어와 나를 잡는다.
죽지 말라고

"내가 네 편이 되어줄게."
그 한마디. 내 편이 있다는 그 한마디에
눈물샘은 터져버렸다.

그 후 나는 신고도 하고 상담도 받아서
나의 왕따 사건은 행복하게 끝났다.
벼랑 끝에 선 나에게는
한마디 한마디가 정말 큰 힘이 되는 것 같다.

천사

어느 날 갑자기
천사가 되신 우리 할머니
나 없는 동안 새하얀 날개를 달고
하늘 위로 올라가신 우리 할머니

내가 그렇게 미웠을까.
내가 가지 말라고
그렇게 말했는데
결국은 가버린 우리 할머니

그 날개가 그렇게 예뻤을까.
하나뿐인 손녀 놔두고
날개 달아 날아가신 할머니

이럴 줄 알았으면
고생하신 할머니 안마 좀 해드릴 걸.
이것저것 다 해보겠다고 떼쓰지 말 걸.
할머니한테 사랑한다고 한 번 더 말해줄 걸.

새하얀 날개 못 달게

새하얀 옷 못 입게
옆에 같이 있어줄 걸.

인자한 미소를 짓고 주무시는 할머니를 보니
어느샌가 내 두 눈은 예쁜 호수
할머니가 새하얀 이불을 머리끝까지 덮자
구슬프게 떨어지기 시작하는 예쁜 수정 하나, 둘

이제는 더 이상 볼 수도, 만질 수도 없는 우리 할머니
모든 사람이 우는데 혼자
인자하게 웃고 계시는 사진 속의 할머니
우리 할머니 그런 할머니를 보자.
다시 한 번 빛나는 예쁜 수정
보석함이 고장난 듯
하염없이 흐르는 예쁜 수정

할머니는 내가 이렇게 슬퍼할 걸 알고 계셨을까?
할머니를 생각하니
다시 한 번 또르르 흘러가는 투명한 보석
할머니만 하염없이 생각하다

지쳐서 잠이 들면
언제나 그랬듯 나를 한 번 안아주고 가시겠지.

총성
-4.3에 부쳐

나른한 봄날, 갑자기 들려오는 한 발의 총성
그 소리 한 번에 모두가 우왕좌왕
엄마와 아빠도 우왕좌왕

그 때 한 번 더 들려오는 총성
그 소리에 맞춰 한 명 한 명
피를 흘리며 쓰러지는 사람들

그 순간에도 계속해서 들리는 총성
그 순간, 쓰러지는 아빠
그대로 돌아올 수 없는 곳으로 가버린 아빠

잠시 후 들리는 또 한 번의 총성
그 때 쓰러지는 엄마
아빠를 따라 돌아올 수 없는 곳으로 간 엄마

오늘 이후로 봄은 따뜻하고 포근한 존재가 아닌
내 가족을 빼앗아 간 나쁜 존재.

추석

추석이 다가오기 한 달 전부터
들떠있는 나와 동생

드디어 기다리고 기다리던
즐거운 추석

가족, 사촌, 친척들 모두가
옹기종기 모여 앉아 하하 호호

즐거운 시간을 보낼 것이라는
내 생각은
한 순간에 와장창

하하 호호 얘기는 무슨
음식 하느라 바쁘다.
여기서도 지완아 저기서도 지완아

무슨 알람 시계를 맞춰놓은 듯
쉬지 않고 계속 불리는 내 이름.

계속 불리는 이름 때문에
육체적으로는 힘들고 지쳐도
오늘은 추석이다.

추석이 지난 다음날은
학교도 쉬고 학원도 쉰다.

내일은 놀아야지 하는 생각으로
끝까지 웃으며
추석을 잘 마무리한 나

하늘1

화창한 어느 일요일
평소에는 낮잠을 자고 있을 나지만
오늘은 밀린 방학 숙제를
몰아서 하는 나이다.

아침 일찍 눈 떠서
헐레벌떡 공책을 펴는 나

열심히 숙제를 하는데
커튼을 치지 않아서
눈이 부시다.

커튼을 치기 위해 가보니
하늘이 맑게 빛나고 있었다.
마치 나에게 힘을 불어 넣어주는 듯

하늘의 응원에 힘입어
숙제를 다 마쳤다.

숙제를 마치고 하늘을 보니

아까보다는 조금 어둡지만
아직도 예쁘게 빛난다.

예쁘게 빛나는 하늘을 보니
내 마음이 더 뿌듯해지는 것 같다.

하늘2

오늘은 학교에서 소풍을 간다.
오랜만에 가는 소풍이라 그런지
많이 들뜬 친구들과 나

아침부터 도시락을 물어보는 것을 보니
배가 많이 고픈가보다.

버스에 타서 목적지로 향하는데
우연히 보게 된 파란 하늘

파스텔로 칠해놓은 듯
연하지만 예쁜 하늘에
나는 넋을 잃고 바라보다.
결국 사진을 찍었다.

목적지에 도착해 버스에서 내리니
더 잘 보이는 예쁜 하늘

밖에서 보니 마치 한 장의 그림 같다.
구름 한 점 없는 맑고 깨끗한

푸른 하늘

소풍 내내 날씨가 좋아서
내 기분도 덩달아 좋아진다.

소풍 날 기분 좋은
파란 하늘은 절대 잊을 수 없다.

할아버지

심심할 때면 나랑 놀아주던
놀이동산

다리가 아플 때면 항상 업어주던
작은 병원

누워있으면
내 다리를 주물러주시던
의사 선생님

이 많은 역할을 다 하시던
우리 할아버지

이것저것 갖고 싶다며
아이처럼 떼를 쓰면
나를 위해 힘든 일도 하시던
우리 할아버지

그러던 어느 날
나를 두고 멀리 떠나버린

할아버지

있을 땐 몰랐던
할아버지의 큰 빈자리

나 때문에 소처럼 일만하다
가버린 할아버지

내가 조금만 더 착했더라면
할아버지는 내 곁에 계셨을까?

어릴 땐 몰랐던
할아버지의 마음

시간이 한참이나 지나고 나서야
느껴지는 할아버지의 마음

김미나

감나무

봄, 여름, 겨울이면
이게 감나무인지
다른 나무인지 구별을 못한다.

가을이 되니 알았다.

가을이 되면
즐겨먹던
감이 열리는 나무

바로 감나무였다.

걱정들

적어도 하루에
한 번씩은 꼭 챙겨보는
거울

혹시 교복 상의에 옷깃이
세워져 있지는 않을까

혹시 교복 치마가 돌아가게
입지는 않았을까

이러한 걱정들이 나를
거울 앞에 세운다.

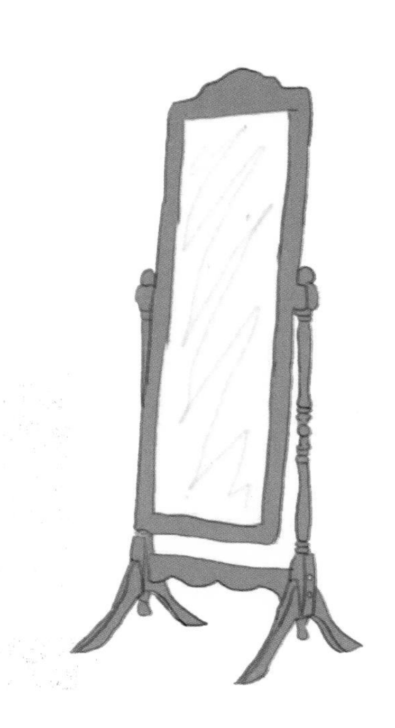

구름 뒤

친척들이 다 가고
밖에 나가 보았지.

밖에 나가 하늘을 보니
마치 부끄럽기라도 한 듯
천천히 모습을 드러내는 구름이 있었어.

초승달, 상현달, 하현달, 그믐달도 아닌
보름달이었지.

나는 한참동안 그 자리에 머물러
아리따운 보름달만 지긋이 보고 있었지.

길

학교 가는 길에
주변을 둘러보았더니
단풍잎들이 보인다.

그럴 때마다
나는 가을을
느낀다.

나비

애벌레 때는
징그럽다고 무시당하고

번데기 때는
이 번데기가 나비가 된다고?

나비가 되었을 때는
어여쁜 날개를 달고
하늘을 날아다니는 나비를 보며

사람들은
나비 정말 아름답다
생각하겠지.

노력

그릇에 물을 부으면
그릇이 물로 꽉 차는 것처럼

그릇에 나의 노력을 부으면
과연 그릇은
나의 노력을 받아줄까?

나의 노력이 넘쳐
좋은 일이 생길 수 있도록
그릇은 도와줄까?

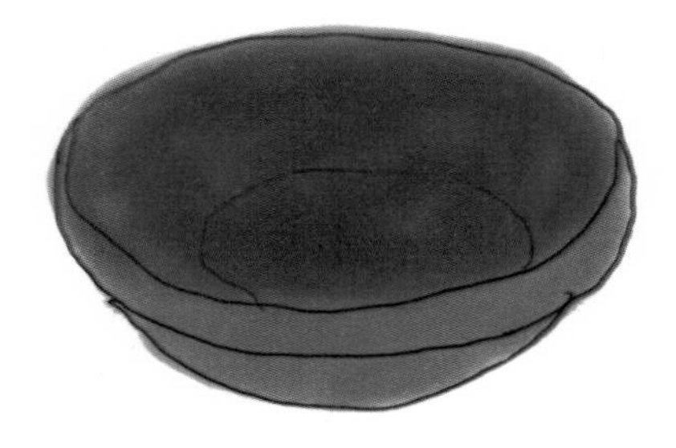

마음

나에겐 10년 넘게 알고
친하게 지내고 있는 소꿉친구가 하나 있다.

내 소꿉친구랑
노래를 들을 때면 마음이 편하다.

내 소꿉친구랑
숙제를 같이 할 때면 마음이 든든해진다.

나에게 좋은 감정을
느끼게 해준 친구
앞으로 더욱 더 친하게 지내야겠다.

미세먼지

요즘 하늘이 뿌옇다.
이게
미세먼지인데
몸에 해롭다니
마스크라도 써야 하나.

미소

약간만 내리는 비에도 우리 주인은
자기를 공격하는 적처럼 보고 있는지
내 밑에 모습을 감춰 버린다.

이 무더운 날씨
더위에 지친 사람들과 식물 그리고 땅에게
시원한 물이 되어줄 비이다.

이런 비가 반가운지
모습을 드러내고 사막에 있는 오아시스라도 본 듯
환하게 미소 짓고 있다.

자기 주인 손에 잡혀 있는 채로 이끌려 가는
내 친구들도 접혀있어 비를 잘 맞지 않아
환하게 미소 짓고 있다.

이런 내 친구들이 너무 부러웠다.
내 주인은 이런 내 마음이나 아는지
내 밑에 여전히 모습을 감추기 바쁘다.

나 혼자 펴져 있어
외톨이가 되어버린 것 같아
외롭다.

비 때문에 아픈 내 몸
외톨이인 것 같아 힘든 내 마음
이상하게도 더 이상 아프지 않다.

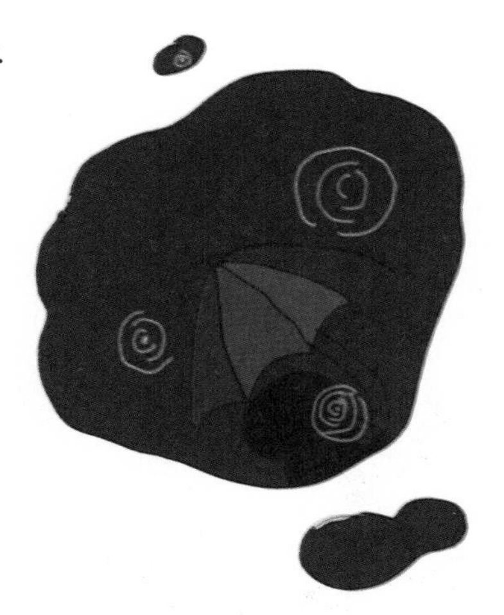

그때 하늘을 쳐다보니
하늘이 나를 향해
포근하게 미소 지어 주고 있다.

그 미소는 마치
너는 혼자가 아니라고
말해주는 것 같았다.

그 순간 나도 내 친구들처럼
주인 손에 의해 접혀진다.
나도 하늘을 향해 환하게 미소 지어 주었다.

벚꽃 길

나뭇가지에 크지도 작지도 않은
벚꽃이 제 눈에 들어옵니다.

길옆에 하늘로 곧게 뻗은
벚나무가 제 눈에 들어옵니다.

그 길을 지날 때마다
저의 마음은
저 하늘에 떠있는 태양처럼
편안해집니다.

별

다소 짧았던 낮을 보내고
밤하늘을 보면
별이 가득하다.

별을 보면 생각이 많아진다.

그래서 내가 할 일조차
잊어버리게 된다.

봄비

짙은 어둠속에서
비가 내린다.

아침이 밝고 밖을 보니
밖에 넌 옷들은 다 젖어 있었고
마당에는 빗물이 고여 있었다.

마당
민들레는
이슬이 맺힌 것처럼
민들레에 빗물이 맺혔다.

유채꽃

오늘 하루 학교에서
보내야 할 시간을 다 보내고
집에 가는 길이었다.

집에 가고 있었는데
유채꽃이 하늘에 있는 햇살을
받고 싶었는지 하늘을 향해 피어 있었다.

그 유채꽃을 본 나는
집에서도 그 유채꽃이 눈에 아른거린다.

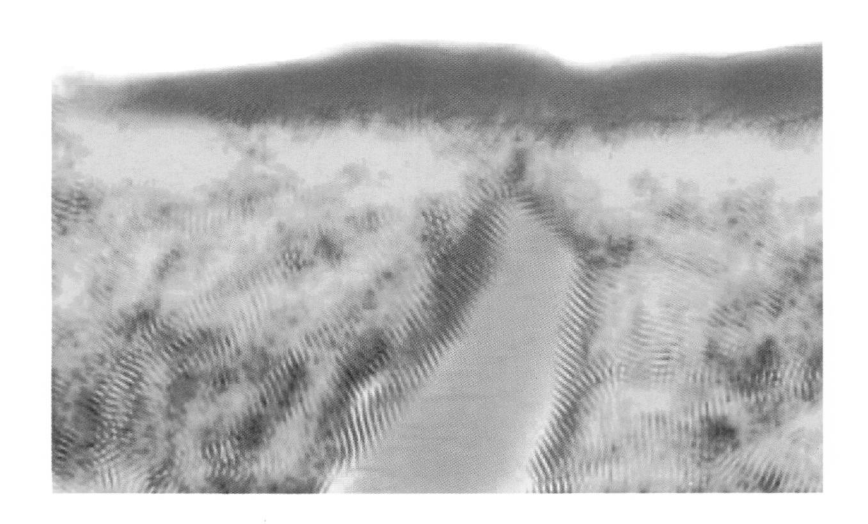

추석 전 날 아침

즐거운 토요일 아침
달그락 탁탁 창창
여러 소리들이 들려 잠에서 깬 나

'더 자자' 라고 생각하며 다시 누웠는데
생각난 추석 전 날

나는 비로소 그 소리를 낸 주인공이
엄마라는 것을 알게 된 나

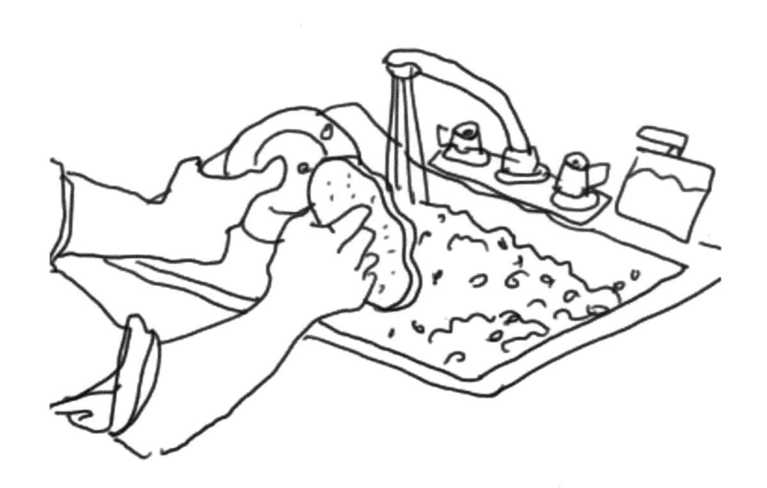

친척

추석 날 아침
집에서 여유롭게 텔레비전을 보고 있는데
친척들이 왔다.

추석 전 날에는 볼 수 없었던 분들도 있고
어제 나랑 인사도 나누고 말도 같이 했던 분들도 있다.

아침부터 시끌벅적하다.
그래도 왠지 포근한 느낌이어서 좋다.

학교 텃밭에서 고구마 캐는 날

힘들다 말해도
내가 더 많이
캐야지.

쉬지 않고
고구마 캐는 아이들

재는 많이 캐었나?
다른 친구를 도와주네.

재는 운이 좋은가?
큰 놈만 캐네.

난 힘들어
선생님
도와주세요.

한복

한복은 옛날처럼
일상생활에서 잘 입지는 않아서

설날, 명절 같은 친척들이
한자리에 모여 있을 때

한복을 입은 사람을 보면
왠지 새롭다.

김민성

가을
거위
그림자
길거리
다시 찾아오면
만남
사람 사는 이야기
사소한 한마디
삶
시계
십 대로 산다는 건
어느 날
추억
파란 도화지
하늘의 감정
한 번 쯤은

가을

여름날 화사했던 초록빛 나뭇잎이
가을을 타는지 쓸쓸한 낙엽 되어 떨어지네.

사람도 마찬가지로 쓸쓸한 가을이 되면
외로워 눈물이 떨어지네.

사람도 낙엽도 모두 쓸쓸함을
느낄 수 있네.

둘 다 차디찬 가을바람 맞으며
외로움에 떨고 있네.

거위

풍만한 날개 속에 드러내는
백조의 자태에
아니 고운 거위는 아파만 하는데
누가 너를 아니 곱다 한들,
네가 너를 증오하지 않는 이상
너의 날개가, 너의 자태가 무너지리?

네 맘속에 자리 잡은 증오와 복수심이
모든 것을 불태운다 할지라도 얻을 수 있느냐?
너로서의 아름다움을

증오는 증오의 알을 낳듯이
복수는 손에 쥔 영혼같이 너를 죽여가는데
너는 왜 알지 못했는가?
네가 아름답다는 것을
너는 왜 증오했는가?

고작 겉모습이라는 종이 한 장 차이에
그 하찮은 질투심에 너는 비통해 하고 있었다.

아름다움 가득히 지니고 있다 한들,
그 어떤 백조들도 날개 뒤에 드리워진 그림자에
비탄과 고뇌 한 점 없겠는가?

그림자

백조가 걷어 올린 호수 위의 날개
모든 사람의 영광이
박수갈채로 쏟아져 내린다.

백조의 날개 뒤에는 어두운
그림자가 있다는 것을 모른 채

사랑만 받으며 살아왔다고 생각한
질투하며 살아가는 어느 한 오리

길거리

추운 가을날 아버지와 함께 걷던
새벽의 길거리

이제 그 아버지는 낙엽이
되어버리셨다.

항상 같이 계셨던 아버지
내 유일한 숨구멍

아버지의 계절도 가을이 찾아왔는지
낙엽이 되어 바람타고 떠나가셨다.

다시 찾아오면

하얀 눈이 내리는 차디찬 겨울
생기발랄했던 길거리
바람만 온종일 배회하는데

언젠가 봄이 찾아오고
시리던 눈마저 녹아버리면
외롭던 이 마을의 온화함이
조금이라도 돌아올 수 있을까.

만남

추석날, 오랜만에 보는 친척의 얼굴에는
웃음기가 가득하고

추석날, 비어 있던 식탁 위에는
음식이 가득하고

서로 이런저런 이야기를 나누는 자리에는
여러 감정들이 가득하고

같이 윷놀이를 하면서 노는 거실에서는
기쁨이 가득하고

언제나 가득한 이 추석이
지나가지 않았으면 좋겠다.

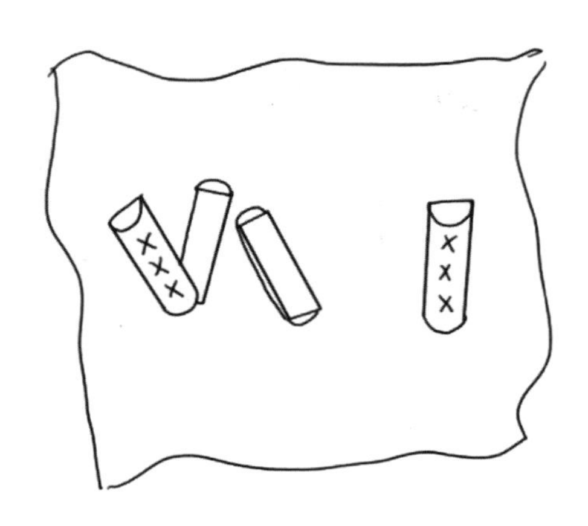

사람 사는 이야기

오랜만에 놀러온 친척집 어르신들,
오랜만에 봐서 그런지 더욱더 반가워하네

마냥 즐거워 보이던 추석날의 저녁
서로가 서로를 챙겨주기 바쁘고

서로 술을 마시면서 수다를 떠는 어른들의 모습이
마냥 즐거워 보이기만 한다.

어른이 되면 모든 게 즐겁다는 것처럼
재밌는 수다도 떨지만

오밤중에는 어른들의 슬픈 인생이야기를 한다.

행복만 있는 줄 알았던 추석
어른들이 인생이야기를 하는 진지한 자리이기도 하다.

추석은 또 하나의 감정을 이어주는 하나의 다리였다.

아무에게도 말 못할 사정을
다른 사람에게 털어 놓을 보금자리는.

사소한 한마디

'나는 봄이 좋아.'
잊어버렸던 사소한 한마디
너무나 소중한 한마디가 되리란 걸
나는 왜 미처 깨닫지 못한 걸까.

다시 향긋한 봄이 찾아오기만 한다면
다시 따듯한 바람 나부끼는 날이 오면
그때의 그 말을 잊지 않고 기억 속에 담아두겠지.

삶

나를 모두 싫어하고

나와 어울리기 싫어하고
나의 모든 것을 외면하는 이 세상에서
나는 한 그릇에 나의 마음을 덜어놓는다.

거친 마음이 언젠가
따뜻한 마음이 될 수 있도록

모든 사람이 나를 믿도록
난 오늘도 그릇처럼 둥글둥글한 사람이 되려 한다.

시계

물 흐르듯 멈추지 않고
빨리 가지도, 어떤 때는 늦게 가지도 않는
누구에게나 시계는 똑같이 움직인다.

슬프다 하더라고
기쁘다 하더라도
절박하더라도

시계는 기다려주지도
늦게 가지도
빨리 가지도 않는다.

그저 지금 쉬지 않고
돌아가는 시계에
살아가고 있을 뿐

시계는 누구에게나 평등하다.
누군가에게는 하찮은 1초
누군가에게는 귀중한 1초

사소한, 일상생활 속에서도
쉽게 얻을 수 있는 기회의 시간을

누군가는 눈길조차 주지 않고
누군가는 관심을 가져준다.

변화는 사소한 시작이다.

지금도 흐르고 있는
빨라지지도
느려지지도 않는

시계처럼 우리들도
착했던 마음을 버리거나
남에게 떠맡겨버리면

누구에게나
평등한 행복이
지속될까?

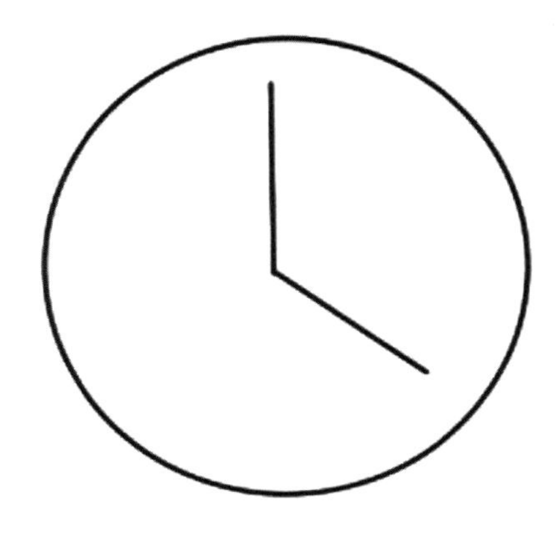

십 대로 산다는 건

십 대라는 건 겨울나무와 같지
낙엽이 다 떨어져 슬픈 나무는
조금만 스쳐도 울어버리는 걸

나뭇가지가 제일 얇을 때라서
조금만 건드려도 부러지기 마련인 걸
십 대란 그런 나이인 걸

그럴수록 십 대라는 것은
같이 있으면 있을수록
서로를 의지하는 버팀목이 될 수 있다는 걸

어느 날

눈이 부실 정도로 따뜻했던 봄날
소풍을 갔었던 소중했던 기억들
이제는 추억으로만 남겨진 그날의
우리의 모습들을
다음에도 다시 느낄 수 있을까.

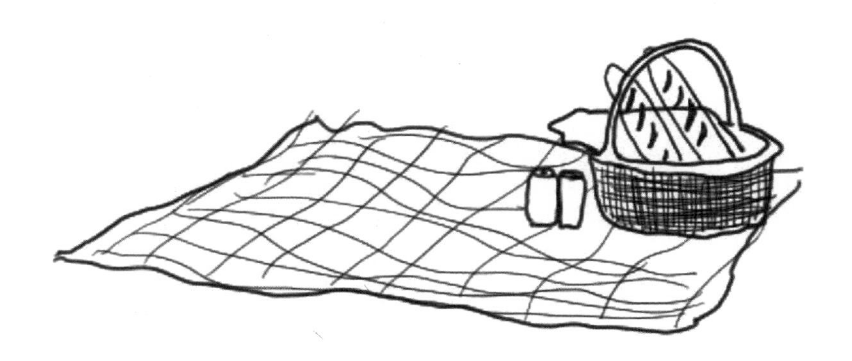

추억

추억은 옷걸이에 옷을 거는 것처럼
하나하나 쌓아가는 것

비록 화려하지 않지만
담담하게 빛나는
돈으로는 살 수 없는

단 하나의 옷걸이에 걸려 있는
추억과 마음이 담긴 옷 한 벌.

파란 도화지

하늘이라는 파란 도화지에
뭉게뭉게 구름 그려진 그 하늘에

나 새가 되어 저 파란 도화지의
그림이 되고 싶어라.

하늘이라는 푸른 바다에
파도치는 그 바다에

나 물고기 되어 푸른 바다를
헤엄치고 싶어라.

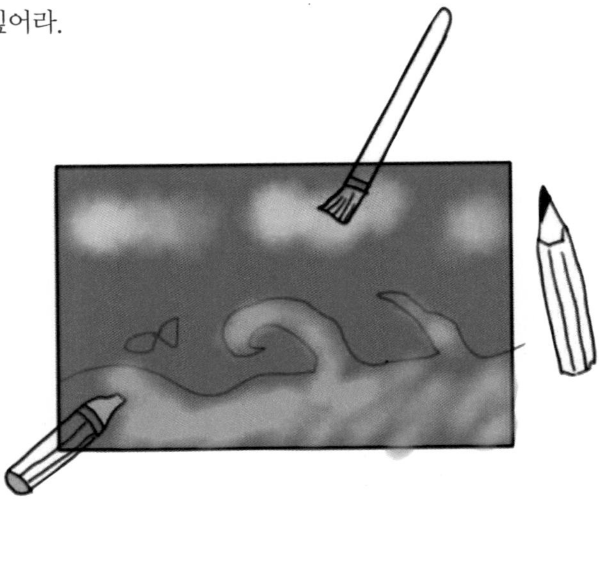

하늘의 감정

오늘은 하늘이 웃고 있다.
해님이 밝게 떠있다.

오늘은 하늘이 울고 있다.
흐린 날에 비가 내린다.

오늘은 내가 울고 있다.
그런 하늘은 비를 내려주지 않는다.

한 번쯤은

한 번쯤은
거울 앞에서 웃어보는 건 어떨까

힘든 생활에
지친 일상에

때로는 상처받은 마음을
숨기는 것보다도

남들 앞에서
잘난체 하는 것보다도

힘든 게 역겨워 토해내듯이
지쳐서 잠시 쉬어가듯이

앞만 보고 달리지 말고
뛰던 발을 멈추고

옆에 있는 사람의 손을
한 번 더 잡아주고

한 번 쯤은
거울 앞에서 웃어보는 건 어떨까.

박예진

가을

뜨거웠던 여름도 다가고
꽤 날카로운 바람이 불 때
붉게 물든 낙엽이 하나 둘 떨어지는 나무 아래
가을 향기 풍기는 여자

가을에 어울리는 메이크업에
도도한 코트와 향수 냄새
웨이브진 머리
높은 구두를 신고
엉덩이를 살랑살랑 흔들며 걸어간다.

이게 바로 가을이 왔다는 것일까?

가을의 아름다움

누런색으로 색칠해진 논두렁을
자전거를 끌고 걸어가며
가을의 아름다움을 찾아본다
키 작은 풀 틈 사이로
앉은뱅이 들국화들이 자신을 뽐낸다.

그에 지지 않으려고
살랑살랑 몸을 흔드는 억새
억새 뒤에 자리 잡고 있는
푸으른
가을 하늘

저만치 밭 가운데
가만히 서있는 허수아비
조그마한 참새들은
허수아비를 놀리듯
밀짚모자 위에서 노래 부른다.

이 모든 것들이
가을을 빛내는 것이리라.

나는 가을의 아름다움을 찾고는
만족한 웃음을 짓는다.

거울

항상 습관처럼 보던
그 거울 앞에 서서

내 얼굴 예쁜지
옷은 잘 입었는지
꼼꼼히 살펴보고 나서

마음 속으로 '예쁘다!'
그러고는 새침한 표정으로
기분 좋게 걸어간다.

오늘따라 더 예뻐 보일 때
거울한테 고맙다고 눈웃음 지어본다.

거울아,
나 예쁘니?

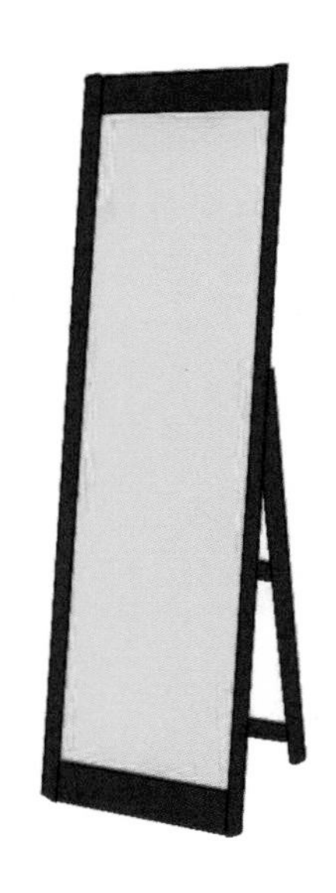

날지 못하는 새

나는 날지 못한다
힘차게 날갯짓을 해봐도
높은 곳에서 떨어져 봐도
저 하늘 높이 있는 새들처럼
바람을 가로지르며 자유로워질 수 없다.

저 작은 참새도 자유로운데
하늘을 뚫어져라 바라보며
날개가 있어도 날지 못하는 나를
자책하곤 한다.

자유롭게 날 수 없다는 것을 알면서도
희망을 가진 채 하루하루를 살아간다.

남은 음식과 그릇

내가 먹다 남긴 음식과
그릇들을 치우다 보니

문뜩 생각 난
이제까지 내가 먹다 남긴 음식과
그 그릇들
내가 아닌 누군가가 치웠을 거란 생각이 든다.

엄마든,
가게에 있는 아르바이트생이든
더럽혀진 그릇들을 아무런 불평 없이 치워줬다.
이제 내가 누군가의 그릇을 치워줘야 될 때가 아닌가 싶다.

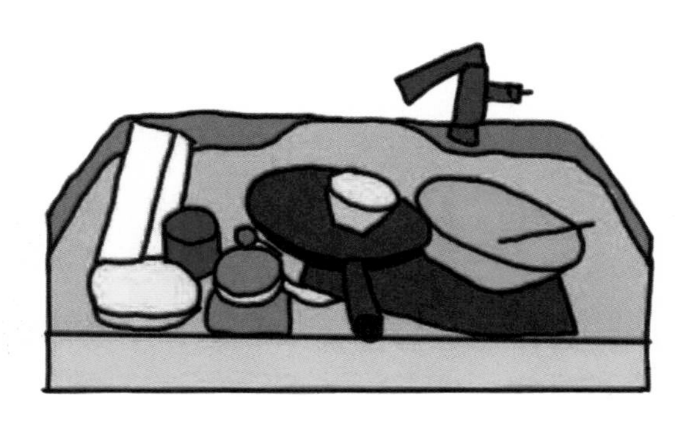

민들레

하늘이 깨어나 봄비를 내리고
흙이 움직이기 시작하면
봄은 시작된다.

보송보송한 봄 햇살을 받으며
저 길 귀퉁이에서 태어난
민들레의 고운 모습이
내 마음을 설레게 한다.

터질듯 말듯
씨앗들이 겹겹이 모여
따뜻한 햇살을 먹으며 사는 민들레

금방이라도 꺾일 듯
연약한 너의 줄기를 보며
나의 그리움을 던져 준다.

밤하늘

어두컴컴한 길에 오렌지 빛 가로등
자신의 색을 자랑하는 화려한 네온사인
집집마다 켜져 있는 환한 형광등

그 보다 빛나고 아름다운
우리 집의 밤하늘

집 마당 그네에 앉아
삐그덕삐그덕 흔들거리며
바라보던 밤하늘

셀 수없는 별들과
태양보다 환하게 웃어주는 달
시원한 공기를 마시며
나도 웃음으로 보답한다.

창문만 열면 볼 수 있는
수많은 별과 달이
나의 집 밤하늘

비 맞은 꽃

창 밖에 내리는 빗줄기에
아무런 저항도 하지 못하는
분홍빛 도는 저 아름다운 것

그저 새 색시처럼 다소곳이
부는 바람에 고개를
살랑살랑 흔들고 있는
수줍어 보이는 것

내 방의 창, 활짝 열고
너의 향을 맡고 싶어라.

해가 뜨자
햇빛에 비추인
너의 모습이 어찌 그리 아름다울까
마치 분홍치마 차려 입은 듯

봄이 왔구나.
너의 향이 내 마음을 움직이는 것을 보니

언제나 봄이면 잊지 않고
새 단장한 모습을 비추는구나.

상처

나의 몸에는 상처가 많습니다.
이곳저곳 돌아다니며
얻어온 상처가 많습니다.

처음 자전거 타다가 넘어져 생긴 상처
돌멩이에 찍힌 상처
부모님 말씀 어겨서 매 맞다 생긴 상처
이처럼 내게는 너무나 많은
상처들이 있습니다.

어린 시절 소꿉놀이하다.
친구들과 싸워서 생긴 상처
가위질하다가 베인 상처
이처럼 내게는 셀 수 없이 많은 상처가 있습니다.

몸에 있는 상처는 눈물 한 번 흘리고
견딜 수 있습니다.

그 중에 가장 오래 남는 상처는
가장 오래 가는 흉터는
무심코 쏘아버린 말

송편

서서히 익어가는 낙엽이
바람에 흔들거리다가 떨어져
떨어진 낙엽이 밟히고
밟힌 낙엽이 또 날아다닐 때쯤

시골 할머니 댁에 모두 모여
송편을 빚는다.

할머니는 쭈글쭈글하신 손으로
연륜이 묻은 송편을 빚고

엄마는 자로 맞춘 듯
반듯반듯한 송편을 빚고

나는 토끼 모양, 하트 모양
조물조물 꽤 열심히 빚는다.

동생은 고사리 손으로 빚은
삐뚤삐뚤한 송편을 보니 피식 웃음이 나온다.

솔잎과 함께 찐 송편을
하하 호호 웃음 지으며 먹으니
이게 진짜 명절인가 싶다.

엄마

명절에 먹은 맛있는 음식
송편, 전, 산적, 튀김, 나물
이 많은 음식을 누가 만들었을까?

제사음식들 기름 튀겨가면서
맛있게 만들어 주고

가족 모두가 먹을 밥
지글지글 만들어 주고

산더미같이 쌓인 설거지
순식간에 없어지고

작은 키로 묵묵히
앉을 틈도 없이 바쁘게 움직이는 엄마

며느리가 한 명이라
더 고생하는 엄마

내가 전도 부쳐주고

설거지도 도와주고
옆에서 벗도 되어주는
누군가 있으면 얼마나 좋을까.

영어 시험

내일은 영어 시험
학교 끝나서 학원에 가는 길
오늘따라 왠지 발걸음이 무겁다.

3시
두꺼운 문제지
눈앞이 캄캄 해진다
1시간, 2시간
끝이 없는 문제들
시계만 바라본다.

6시
배에서는 꼬르륵 꼬르륵
한참 남은 문제들이
나에게 얼른 풀어 달라고 소리친다.

7시
분식으로 대충 배를 채우고
정신없이 수학문제를 풀다.
다시 영어문제를 풀기 시작했다.

10시
하고도 30분 후
'하, 드디어 집에 가는 구나.'
다른 시험들은 걱정이 앞섰고
영어는 무조건 잘 봐야 한다는 마음만 앞섰다.

시험 날
시험지를 보고는 한숨뿐
하얗게 불태웠다.
가위표가 많을 걸 보고는
심장이 덜컹
다음엔 더 잘 봐야지 꼭 잘 봐야지.

예쁜 신발

대정읍 촌구석 우리 집
마트 한 번 가려고 해도
버스타고 읍내까지
학교 가려고 해도 걸어서 1시간

길에 난 잡초 뽑아다 반찬 해먹고
길가에는 아이들 소리 북적북적
집집마다 엄마들 밥 짓는 냄새로
가득했던 날에는
옷도 엄마가 주신 옷
신발도 헐어버린 운동화
그래도 잔소리 없이 신발이 있다는 것에 감사하며
신나게 뛰놀았던 적이 있다.

하지만 촌구석에서도 얼굴 뽐내기에 바쁘고
최신형 휴대전화, 브랜드 신발들
이제는 없으면 기 죽어버릴 물건들이 되었다.

엄마 손 잡고 읍내 가서 신발가게 들린 날
많은 신발들에 놀라 눈이 번쩍

다 똑같아 보이는 신발들, 이름은 알아볼 수 없는 영어로 쓰여 있다.
가격을 보니
아니, 이게 대체 몇 자리 수야?
결국 시장으로 발걸음을 돌린다.

촌스러운 디자인과
탁한 색상의 싼 시장 신발
엄마는 미안했는지
어느 것이 예쁘냐며 다 사주겠다고 말씀하셨다.

비록 비싼 브랜드 것도 아니고
촌스러운 시장 신발이지만
나에게는 엄마 손 꼭 잡고
맛있는 핫도그 손에 들고 산
고맙고 예쁜 신발이다.

자리 바꾸기

드디어 한 달 후 자리 바꾸는 날
누가누가 내 짝꿍일까
두근두근

내가 좋아하는 아이랑 걸릴까
제비를 신중히 뽑고는
누가누가 내 짝꿍일까
두근두근

내가 걸린 자리를 보고는
아! 맨 앞자리구나
내가 걸리는 짝꿍을 보고는
아! 좋아하는 그 아이는 어디가고
냄새 나는 그 친구다.

특별한 날

어떤 옷을 입을까?
오늘은 그 사람을 만나는 날
이걸 입을까? 저것을 입어볼까?
거울 앞을 떠나지 못 한다.

옷은 많아도
입을 옷이 없어 속상하다.
방은 옷들로 산이 되어 버렸지만
가슴은 더욱 두근두근
오늘은 어떤 옷을 입을까?

하늘의 기분

가끔 하늘을 바라볼 때
하늘은 나에게 여러 가지 모습을 보여준다.

구름 한 점 없는 가을 하늘
내 마음도 깨끗해진다.
꼭 바다처럼 시원해서
넋을 놓고 바라보게 된다.

뭉실구름이 피어 있는 하늘에선
그 구름 위에서
누가 나를 쳐다보고 있진 않을까?
후…… 바람을 불면
민들레처럼 흩어져 버릴 것만 같다.

흐릿흐릿 먹구름 낀 하늘
구름이 눈물을 흘릴까
우산을 챙겨본다.

학원 끝나고 노을 질 때쯤
집 가는 길 하늘엔

스케치북에 색칠해 놓은 파스텔처럼
여러 색들이 어울려 있다.
한 폭의 그림 같다.

하늘도 기분이란 것이 있나보다.
나에게 표현해 준 표정들을 보니

배연미

가을이 오면
꽃밭을 걷는 나
닭튀김
독서의 계절
두고 간 교복
보름달
봄이 되면
송편 가족
아버지의 구두
아빠는 최고
아이들의 거울
엄마의 사랑
작은 스케치북
중요한 날과 중요한 날
친구들의 지갑
하늘

가을이 오면

가을이 오면
제일 먼저 마중 나온
코스모스가 가을을 알리고

가을이 오면
추수의 계절
따스한 밥 위에
곡식들이 방울방울 모여 있고

가을이 오면
예쁜 단풍나무 길에
가족이 다함께 모여
하나의 추억을 만들고

가을이 오면
동글동글 보름달이
추석과 함께
감사를 하고

가을이 오면

옷장에 숨어 있던
외투들이 좋아하고

가을이 오면
예쁜 노란, 연두
방구 냄새 풍기는 열매도 보인다.

가을이 오면
이렇게 예쁘고 좋은 것들이 많은데
나는 든다 생각이
이렇게 벌써 일 년이 지나가고 있다는 것을

가을이 오면
좋은 점도 많지만
세월의 빠름을 느낀다.

꽃밭을 걷는 나

작년 봄에 너와 함께 걸었던 꽃밭
이젠 나 홀로 걷게 되었네.

허전한 내 마음
꽃들로 채워보려 했지만
여전히 남아 있는 빈자리

흐린 내 눈에는 밝게 웃는 네가 보이고
고장난 내 귀에는 달콤한 너의 목소리가 들린다.
하지만 멀쩡한 내 눈에는 네가 보이지 않는다.

내 눈에 보이는 건 오직 너와 함께 보았던 꽃들뿐

닭튀김

흰 종이에 검정 글씨
검정 글씨 사이에는 삐뚤삐뚤한 내 글씨
맨 위에는 빨간 100점

나는 오늘 시험 100점
가족들이 좋아할 거야.

엄마가 잘했다며
닭튀김 시켜먹자.

따르릉 전화소리
닭튀김 한 마리 가져다주세요.
부르릉 오토바이 소리
띵동
닭튀김이 문 앞에서 종 누르는 소리

닭튀김 왔다 닭튀김

닭튀김이 문 앞에서 벨 누르면
쪼르르 문 앞으로 달려가서

닭튀김과 뽀뽀를 하고
닭튀김을 먹으려 하는 순간
모두의 손은 닭 날개

날개는 두 개뿐인데
오늘은 내가 100점, 내가 먹을래.
엄마가 시켰으니 엄마가 먹을래.
아빠는 일 갔다 오느라 지쳤으니 아빠가 먹을래.
동생은 내가 막내니까 내가 먹을래.
형은 다 내꺼야 내가 다 먹을래.

나는 오늘도 닭 날개를 못 먹는 걸까?

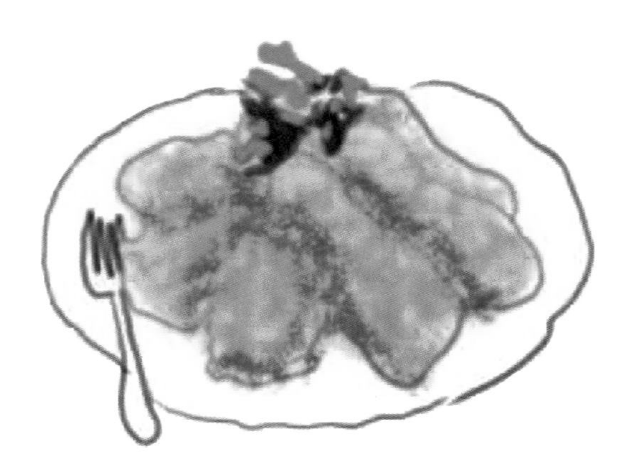

독서의 계절

하루하루 지나는데
도서관 가는 일
책을 보는 일은
몇 없다.

나무의 숨 쉬는 소리와
책 속에서 말하는 풍부한 지식들과
만날 기회가 없다.
아니 내가 기회를 없애버린다.

글씨를 보면 졸려오고
책에 대한 흥미가 없는 건
그냥 핑계이겠지.

가끔 가을바람과
가을 향기를 느끼며
조용히 책 속에 빠져드는 것도 괜찮은 방법인데

그동안 책과 너무 멀리한 것 같아서
책에게 미안하다.

책은 읽을수록 좋다는데
매일 아침 독서시간 나는 다른 공부를 한다.

책의 계절에는 책과 더 친해져보면 어떨까?

두고 간 교복

너는 나를 위해 교복을 두고 갔구나.
너를 잊지 말라고 교복을 두고 갔구나.

내가 바라는 건 교복이 아닌 너인데
하늘에서 나를 바라보고 있구나.

나는 너를 보내고 싶지 않았는데
네가 남긴 건 두고 간 교복뿐
축축이 젖어 있었던 두고 간 교복뿐

교복에서 느껴지는 차가운 냉기는
배 안에서 네가 느꼈었던 그 고통

축축한 교복을 움켜쥐고
나는 약속한다.
나는 절대 너를 잊지 않아.

보름달

오늘은 추석 보름달 뜨는 날
송편도 빚는 날
친척 만나는 날
차례 지내는 날
맛있는 거 많이 먹는 날

추석이 지나면
내 얼굴은 보름달
동글동글 둥근달
맛있는 음식 덕분에 내 보름달 더 커졌네.
그래서 난 네가 싫지만 추석은 좋아.
왜냐하면 학교에 안 가니까.

봄이 되면

봄이 되면
나는 예쁜 옷을 입는다.

예쁜 옷을 입기 위해
겨울방학 때 살을 빼려는 계획을 세운다.

하지만 내게 돌아오는 건
조그만 틈 이불 속 숨바꼭질

그래서 나는 겨울이 싫다.
나를 번데기로 만드는 녀석

못된 겨울 덕분에 나는
또 계획 실패다.

봄이 되어 주변에서 살 빠졌다는 소리가 들려오면
나는 다시 방긋

그리고 아무 일 없었듯 겨울도 다시 좋아진다.

송편 가족

엄마 송편은 이쁘고 꿀 약간
아빠 송편은 두툼하고 꿀 많이
내 송편은 삐뚤삐뚤 작은 송편
동생 송편은 꿀 많고 터진 송편
할머니 송편은 곱고 예쁜 송편
할아버지 송편은 쭈글쭈글 맛있는 송편

우리 모두 각양각색 맛있는 송편
추석에 둥글게 앉아 가족 송편 만들자.

아버지의 구두

우리 아버지는 멋진 회사원이다.
그런 아버지가 정말 좋다.

어느 날 신발을 신으려고 신발장에 갔다.
내 눈을 유혹하는 신발 한 켤레

내 눈이 향한 곳은 우리 아버지의 멋진 구두였다.
구두의 유혹을 거절 할 수는 없었다.

나는 구두와 손을 잡고, 구두는 내 코와 입맞춤 했다.
좋은 향기가 날 줄 알았다.

코 속을 찌르는 고약한 청국장 냄새
나는 똥을 먹은 것처럼 얼굴을 찡그렸다.

내 머릿속에 바람처럼 스쳐지나간
아버지의 끝없는 노력과
아름다운 다이아몬드처럼 빛나는 땀방울
내가 볼 수 없었던 아버지의 보이지 않는 또 다른 모습이었다.

나는 구두에게 윙크를 보낸다.

구두도 내 마음을 알았는지 더 고약한 냄새로 내 코를 다시 한 번 찔러주었다.

아버지 구두의 냄새는 너무 고약하다.

그래도 아버지는 좋다.

아빠는 최고

따스한 바람과
아침을 알리는 알람 소리

엄마 생신인데
엄마는 바쁜 회사 다니느라 정신없다.
그래도 우리 아침은 꼭 챙겨주시는 우리 엄마

하필 시험 기간이라
선물 살 시간도 없었는데
학원 갔다 오고

엄마가 나를 부르신다.
연미야, 연미야

이것 봐라. 예쁘지?
우산처럼 쫙 펴고
불독처럼 주름 많은
우리 키우랴, 집안일 하랴
손톱도 곱지 않은 손을 보여주시는데

한 손에만 있던 반지가
다른 손에도 생겼네?
반지 하나만으로 정말 예쁜 여배우 손

귀에 걸린 우리 엄마 입

웃는 우리 엄마 모습은
천사와 같았다.

아빠가 밤에 엄마 손에 반지 끼우고 일 가셨대
같은 여자로서 부럽다.

역시 우리 아빠는
뿔난 엄마를 천사로 만들 수 있는
비장의 무기 최고의 아빠.

아이들의 거울

아이들은 하나씩 거울을 가지고 태어난다.
거울은 엄마, 아빠

세상과 처음으로 만나게 되면 제일 먼저 반겨주는 거울
어쩌면 거울이 그 아이에 인생을 결정할지도 모른다.

거울이 울면 아이도 울고 또 웃으면 아이도 웃고
거울이 하는 건 모두 아이가 따라하게 되는 신기하고도 중요한 존재

나도 언젠가는 거울이 되겠지?
아이를 위해서라도 좋은 거울이 되도록 노력해야겠다.

엄마의 사랑

엄마는 오늘도 어김없이 밥을 차려주신다.
동생은 배고프다고 졸라대고
나는 가만히 앉아 핸드폰을 바라본다.

엄마의 뒷모습을 보고서
조용히 숟가락과 젓가락도 상에 놓고
엄마가 가득 펴 놓은 밥그릇도 상위에 놓고
반찬 뚜껑도 열어놓는다.

그걸 보신 엄마는 동생보다 내 밥을 더 많이 더 꽉 차게 주신다.
엄마의 사랑이 느껴진 나는 눈물이 흐를 뻔 했다.
우리 엄마의 사랑은
가득 찬 그릇 속에 밥이 아닌 또 다른 사랑이다.

작은 스케치북

아침에 일어나서 창문을 바라보고
이 작은 스케치북에
따스한 햇살과 참새가 짹짹
끼이익 버스와 동생의 코고는 모습도
다 담기에는 너무 작다.

학교 점심시간에 교실 창문을 바라보고
이 작은 스케치북에
따스한 햇살 아래
운동장에서 축구하는 아이들과
놀이터에서 노는 아이들
모래장난 하는 아이들도
다 담기에는 너무 작다.

학원 다녀와서 하늘을 바라보면
이 작은 스케치북에
세상을 다 담은 듯한
꽉 찬 노을 진 하늘과
파도소리와 갈매기 소리가
생생하게 들릴 것만 같은 바다도

다 담기에는 너무 작다
세상은 넓고 커다란데
이 작은 스케치북에
모든 것을 다 담기에는
너무 작다.

중요한 날과 중요한 날

중요한 날
세상에서 제일 좋은
엄마의 생신

또 중요한 날
중간고사
시험

겹쳤다
속상했다
울었다.

왜 하필 이런 좋은 날에
이런 일이 생겼는지

학원 끝나고 시험공부
학원 끝나고 엄마 생신 축하

일 년에 단 한 번뿐인
외할머니 닮아가는
우리 엄마 생일

맛있는 갈비 먹으러
집에서 시험공부

제일 어려운 선택
시간은 늦어가고
갈비 다음 생일 케이크

내일이 시험인데 왜 하필이면

속상함에 눈에 숨어 있던
수도꼭지가 틀어지고

눈에 없었던
붉은 것들이 가로막고

웃고 행복해야 할 날인데
그저 중요한 날과 중요한 날이 겹쳐서

속상함을 이기지 못 해
결국 수도꼭지를 틀어버린 나

다음번에는 제발
제발 웃을 수 있기를.

친구들의 지갑

- 학교 폭력은 안 돼

나는 지갑이다.
친구들의 지갑

돈이 항상 있어야 하는
친구들의 지갑

돈이 없으면
나는 다시 외톨이

살기 위해 돈 훔치는 도둑

돈을 내야 해도 좋다.
친구와 있을 수 있다면

시간이 지날수록 돈은 없고
멍투성이인 하루하루

힘들고 죽고 싶었다.

죽기에는 두렵고 세상도 싫다.
선생님과 진한 대화
친구들의 사과와 되돌아온 우정

난 더 이상 너희들의 지갑이 아닌 친구야.

하늘

하늘이란 아이는
무엇이든 변할 수 있는 아이

어느 날은 어느 날은
샛노란 별들이 모두 모여
댄스 파티를 열 수 있도록
파티장이 되어주고

또 어느 날은 어느 날은
우중충한 거무스름한
못된 바람과 화가 난 소나기가
하늘을 괴롭히고

또 어느 날은 어느 날은
권투 선수들이 싸우듯이
천둥과 번개가
하늘이라는 링 위에서 결판을 벌인다

마지막 어느 날 어느 날은
천사 같은 아이들이 걸어갈 수 있도록
예쁜 무지개를 만들어주는
사랑스러운 아이이다.

백진삼

가을

봄이 오고나면
여름

여름이 가면
네가 오는구나.

봄처럼 따뜻하지도
여름처럼 덥지도 않지만

지금 네가 있어 좋다.

가을 하늘

높은 하늘에
구름 한 점 없이

높은 하늘에
바람 한 점 없이

맑고 푸르구나.

고구마 캐기

흙을 파내니
고구마 줄기가 있다.

심봤다!

주변 흙을 치워내도
뽑힐 생각을 않는다.

땅 끝까지 박혀 있나?

자꾸 흔드니
쑥 뽑혀 나온다.

구워
잘 익은 김치 얹어
한 입 베어 무니
캬아!
감탄사가 절로 나온다.

구름

솜사탕 같은 구름
한 점 떼어 먹으면
무슨 맛일까?

먹고 싶지만
너무 높아 먹을 수가 없다.

키가 좀 더 컸더라면.

목침

오늘 베개가 마치 목침인 듯
온몸이 뻐근해.

밥을 먹을 때도
입안에 가시가 걸린 듯
밥도 못 넘기네.

샤워하려고 봤더니
온몸에는 멍투성이
그 멍 지워줄 사람 바로 그대.

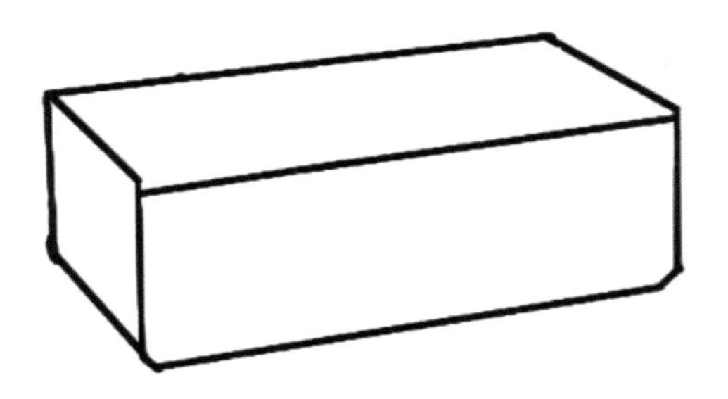

바다1

멀리 펼쳐진
푸른 바다를 보고 있으면
나의 마음까지 푸르러진다.

달리기 선수처럼
찰랑찰랑 뛰어오는 파도를 보면
나의 마음까지 시원해진다.

바다2

바다는 동심(童心)
맑고 순수한
푸르고 아름다운 세계

바다는 휴식처
복잡하고 꼬이는 일
모두 잊게 해주는
평화로운 세계

바다는 어머니의 품
힘들거나 슬픈 일 생겼을 때
달려가면 따스하게 감싸주는
따뜻한 품

봄

봄, 차갑고 맑은 겨울 공기가
향긋한 꽃냄새로 바뀔 때

봄, 겨우내 차가웠던 땅속에서
새싹이 돋을 때

봄, 두꺼운 패딩 점퍼에서
얇은 점퍼로 바뀔 때

산1

산은
우리에게 많은 것을
제공해 준다.

산책, 운동
많은 것을 할 수 있는 곳

산의 정상의 올랐을 때
그때의 느낌은
말로 표현할 수 없을 만큼
상쾌하다.

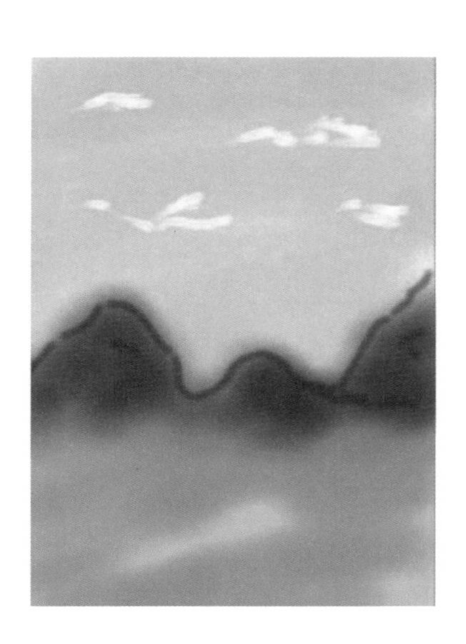

산2

산은 우리에게 많은 것을 보여주고
많은 것을 도와준다.

우리가 운동할 수 있게
길을 내준다.

산이 건강해서
우리 몸도 건강하다.

태풍

태풍이 불면
우리 집 골목
바로 앞까지
물이 들어온다.

언제 지나갈까.

기다리면
몇 시간 후에는
평화가 찾아온다.

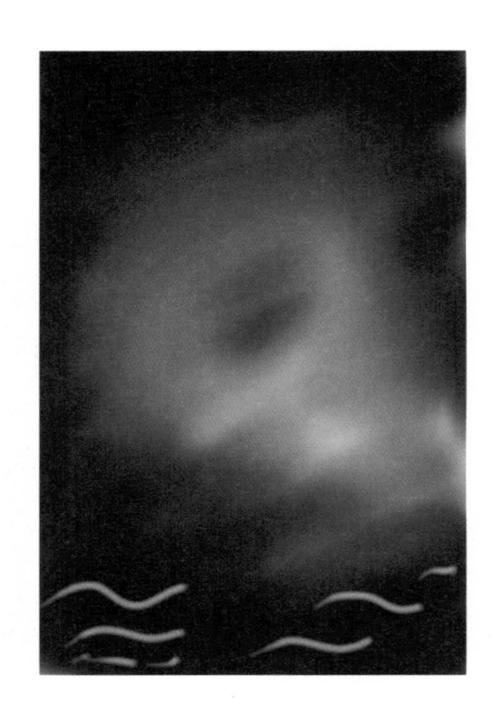

송수진

가을이 오면
거울
그림자
기다림
껌딱지
너의 미소
독서의 계절
따뜻한 봄
벌의 선택
봄 같은 존재
봄이 좋아
신발은 나의 엄마!
예쁜 하늘
지음(知音)
추석이란
추운 겨울 날
하얗게 되어버린 내 머릿속

가을이 오면

가을이 오면
빨강, 노랑으로 물들여진 거리에
사람들이 이쁘다며 사진을 찍고 있겠지.

가을이 오면
주렁주렁 열리는 주황색 단감들이
사람들을 유혹하는 듯
달콤한 향기를 풍기고 있겠지.

가을이 오면
바람이 많이 불어
머리카락과 스카프들이 흩날리고 있어
사람들은 머리나 스카프를 잡고 있겠지.

가을이 오면 당신은 무엇을 생각하나요?

거울

지친 일상을 마무리하면서
한 번쯤은 거울을 보는 나

어쩌면 그게 나에게는
피로회복제같이
나의 피로를 풀어주는 것

어쩌면 어쩌면 그게 나에게는
치료사같이
나의 감정을 조절시켜 주는 것

이런 것들을
내 스스로 알게 해줄 수 있는 것
거울
거울이 있어서 얼마나 좋은가?

그런 나의 거울을 보면서
오늘 하루를 되돌아본다.

그림자

추석 때만 되면
엄마들의 손에는
물이 닿지 않는 날이 없겠지.

하루를 음식만 하며 지내야 하는
어머니
머리가 아플 정도의 기름 냄새와
반죽 때문에 절여진 어머니의 손

표면적으로 볼 때에는
모두에게 즐거운 추석이
자세히 보면
그림자처럼 뒤에서 일하고 계시는
어머니들의 힘든 하루가 있어
우리가 즐거운 추석을 보낼 수 있었던
이유가 아닐까?

기다림

그대의 숨결
그대의 머릿결
그대의 목소리
그 모든 것들을 기억하고 있는데
왜 다시 나에게 오지 않는 걸까.

또르르
비가 내리고
사자처럼 사납게 태풍이 불 때에도
나는 그대를 기다린다.

언젠가는 오겠지
언젠가는 오겠지
애타게 기다려 봐도
나에게로 다시는 오지 않는 그대

시계가 똑딱똑딱 소리를 내며
시간이 흘러가
세월이 흘러도
나는 계속 그대만을 기다릴 것이다.

껌딱지

오늘도 어김없이
내 곁을 떠나지 않는 그대

밥을 먹을 때에도
영화를 볼 때에도
양치를 할 때에도
껌딱지처럼 붙어 있는 그대

문뜩 그대를 보면 떠오르는 단어
밥그릇
우리가 밥을 먹을 때
항상 껌딱지처럼 내 곁을 떠나지 않는

밥그릇처럼
오늘도 내 옆에는 어김없이 그대가 있다.

너의 미소

하늘을 바라보면
문뜩 너의 얼굴이 떠오른다.

긴 생머리에 눈이 이쁜
너의 얼굴

난 그 얼굴을 보면 아직도
푸른 하늘이 생각날까.

왜일까?
바로 너와 함께한 추억 때문에
하늘만 보면
언제나 너만 생각나는 이유가 아닐까.

독서의 계절

시원한 바람이 불어오고
단풍에 물들여져 우리나라가 이쁘고
이럴 때에는 늘 독서의 계절이라고 한다.

하지만 나는 늘 책을 안 읽지
그런 내가 쥐구멍이라도 들어가고 싶을 정도로
후회가 되네.

국어 수행평가 때문에 억지로 읽는 10권
그것 말고는 읽은 게 없네.

왜 그랬을까 왜 그랬을까.
이제는 꼭 읽어야지, 읽어야지.
다짐을 하고
한참동안 후회하다가 잠을 청하네.

따뜻한 봄

친구들과 함께
벗꽃 옆에서
사진도 찍고

친구들과 함께
수학여행 가서
소들이 싸우듯이
격하고 재밌게 놀고

친구들과 함께
공부하면서
시험도 보고

기쁠 때는 같이 웃어주고
슬플 때는 같이 슬퍼해 주는
무릉중학교 3학년 내 친구들

대부분 10년이 넘게 지내온 친구들
1년 후에 졸업을 하면
나에게는 따뜻한 봄 같은
추억들이 쌓이겠지.

벌의 선택

벌이 날아온다
하지만 벌은 꽃이 옆에 바로 있어도
다른 나라에 있는 것처럼
그냥 무시하고 다른 꽃을 찾는다.

또 하나의 벌이 날아온다.
하지만 벌은 아까와 다를 것 없이
그냥 무시하고 지나쳐간다.

벌에게 무시당한 그 꽃은
자신의 후손을 남기지 못한 채
고통스럽게 죽겠지.

꽃이 후손을 남기지 못하고
고통스럽게 죽기 전에
벌들이 그 꽃을 한 번씩 이라도
그냥 지나치지 않고
바라봐주고, 서로 서로 도와준다면
그 꽃은 죽지 않고
후손을 만들며 행복하게 살지 않을까?

봄 같은 존재

깜깜한 하늘 아래
창문에 비치는 내 모습
그 모습을 한없이 바라보며
눈물이 뚝뚝 흐르는 나

내 눈물을 이해하듯이
나를 안으며 위로해 주는
어머니
어머니

그 품에 안겨
살포시 눈물을 감추며
미소를 띠는 나

나는 어머니가
나의 단 하나뿐인
화창한 봄 같은 존재이다.

봄이 좋아

화창하고 따뜻한 봄 하늘 아래
형형색색의 꽃들이 일정하게 정렬하고
웃으면서 노래를 부르는 꽃들

어디선가 들려오는
시원한 바람소리
나를 강하게 덮치는
유령 같은 바람들

북적북적
사람들이 소 떼들처럼
몰려드는 계절, 봄

나는
나는
꽃들이 노래를 부르고
유령같이 바람들이 나를 감싸고
북적북적 사람들이 몰려드는
봄이 정말 좋다.

신발은 나의 엄마!

학고 다녀오겠습니다.
엄마에게 인사를 한 뒤
신발을 신고 집을 나서는 나

어찌된 영문인지 신발만 보면
문뜩 생각나는 엄마
체육시간에 운동을 할 때에도
무대에 올라가서 연극 연습을 할 때에도
항상 내 곁에서
엄마처럼 함께 있는 신발

그런 내 신발이 있기에
운동을 할 때에도
연극 연습을 할 때에도
다치지 않고
자신감 있게 할 수 있는 게 아닐까?

예쁜 하늘

파란 종이에 하얀 물감을 떨어뜨린 듯한
하나의 미술 작품 같은 예쁜 하늘

그 예쁜 하늘이
도시에서는 아파트나 고층 건물에 가려져
쥐구멍마냥 작게 보이네.

하지만 시골에서는
그 예쁜 하늘이
아파트나 고층 건물에 가려지지 않고
아주 크게 보이네.

이렇게 그 예쁜 하늘을 볼 수 있다는 게
시골에 살면 좋은 장점이 아닐까?

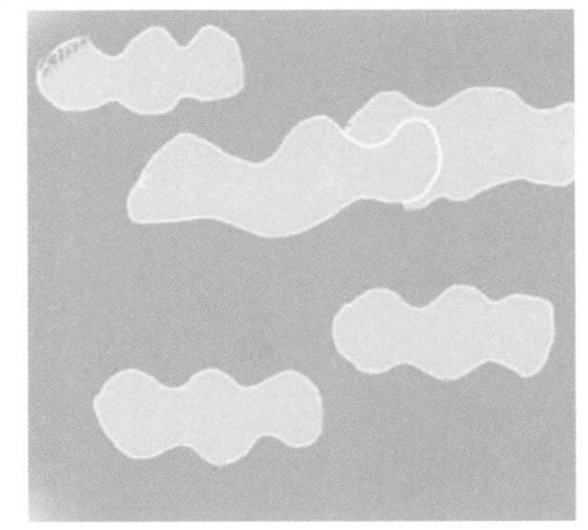

지음(知音)

친구와 말다툼을 하고
집에 들어간 나

아직도 화가 풀리지 않아
엄마에게 짜증만 내고
그냥 울면서 집 밖으로 뛰쳐나온 나

거리에 나와
울음을 멈추려 하염없이 걷다보니
갈대밭을 지날 때 즈음
온 몸에 힘이 풀려
털썩 주저앉아 버린 나

앉아보니 내 옆에는
한 마리의 귀뚜라미가 앉아 있었다.
귀뚜라미 울음소리가
마치 내 마음을 알고 있는 듯
나를 위로해주는 것 같은 느낌이 들어
한 명의 친구가 생긴 듯
기분이 금세 풀리는 나

그 귀뚜라미가 떠나고
나의 마음도 한결 편해져
친구와 사과를 하고
다시 원래대로 돌아가는 나

그래도 도움을 준! 아니
이제 내 친구가 되어버린 귀뚜라미
다시 돌아오면
내가 너의 이야기를 들어줄게

귀뚜라미를 하염없이 생각하며
잠을 청하네.

추석이란

아무것도 없다.
정말 아무것도
우리 집이 추석을 서울에서 해서
눈, 코, 입, 귀가 호강하는
음식들도 없고
시끌벅적하게 놀기도 하고
이야기도 나누는 사람들도 없고
이게 무슨 추석이야.

외갓집에 가보니
우리 집과 반대로 정말 많이 있었다.
맛있는 음식들도
시끌벅적 사람들도
모두 있었다.
이런 게 바로 추석이지.

추석이란
온 가족이 모여
행복하게 하루를 보내는 날.

추운 겨울 날

추운 겨울 날
몸을 부들부들 떨며
옷을 갈아입고

추운 겨울 날
차디찬 화장실에 들어가
세수를 하고 집을 나선다.

이 추운 겨울 날
내가 추울까봐
자기 옷을 들고
나에게로 달려온 우리 엄마
나는 그 옷을 입고 다시 길을 걷는다.

돌이켜보니
나는 엄마의 온기가 담긴 그 옷이
추운 겨울을 이겨 낼 수 있는
가장 따뜻한 옷이 아닐까 싶다.

하얗게 되어버린 내 머릿속

시, 시, 시
오늘도 어김없이
시를 쓰는 나

오늘은 어떻게 시를 써야 좋을까?
어떻게 해야 욕을 안 먹지?
이런 여러 가지 생각들로

가득 차서
빵! 빵! 빵!
터져버릴 것 같은
내 머릿속

어찌 하면 좋을지 한참동안 고민해도
어찌 하면 좋을지 종이에 썼다가 지웠다가 반복해 봐도
점점 하얗게 변하는
내 생각들

한참동안 멍하니 종이만 바라보다
시를 쓴다.

다 쓰고 나니 오후 11시 11분
이제 걱정은
날개를 나비처럼 펴고
하늘 위로 날아간다.

전가연

거울
날개1
날개2
봄바람
봄이 오면
새로운 출발
시작

거울

거울은 언제나
우리의 모습을
볼 수 있게 해준다.

거울을 보면 왠지
자신의 마음이 다 보이는 것 같다.

짜증날 때 거울을 보면
입술은 밖으로 튀어나와 있고
인상을 찡그리고 있다.

기쁠 때 거울을 보면
입꼬리는 올라가 있고
입 주변에 보조개가 생긴다.

이래서 거울을 보면
자신의 마음이 다 보이는 것 같다.

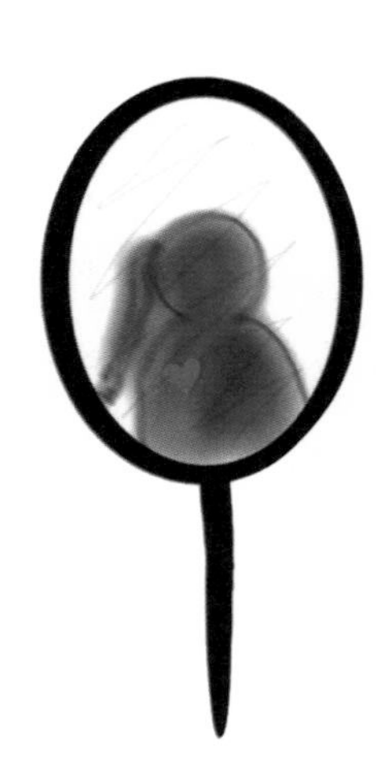

날개1

날개는 아름답다.
날개의 주인이 꿈을 가지고 있기 때문이다.

꿈이 없는 이의 날개는
아주 작고 검은색을 지니고 있어서 아름답지 않다.

꿈을 가지고 있는 이의 아름다운 날개는
날개를 활짝 펴고 날아다닐 수 있지만

꿈을 가지고 있지 않은 이의 날개는
날개가 너무 작아서 날지 못한다.

하지만 꿈이 없던 이의 날개도
꿈을 가진다면 작았던 날개가 커지고
검은색이었던 날개가
아름다운 색으로 변해서 날 수 있게 된다.

날개는 꿈을 가지고 있는지 없는지에 따라서 변하는 것 같다.

날개2

날개 한쪽이 망가졌다면
날개 한쪽이 망가진 자와
어깨를 맞대고 날아가고

날개 두 쪽 다 망가졌다면
누군가에게 안기어서
함께 날아가야 한다.

외롭고, 무서운
따돌림을 당하던 날로 돌아가기엔
너무나도 허무하니까.

날개가 바람에 닳아
너덜해질 때까지 우리는 날아야 한다.

날고, 날고, 또 날자
태양은 여전히 떠 있으니까
힘을 합쳐 날아오르자.

봄바람

봄바람이
봄을 알린다.

나뭇가지에 봄바람이 부니
나뭇가지에 푸른 잎이 났네.

풀밭에 봄바람이 부니
풀밭에 새싹이 돋아났네.

봄바람이 부니
사람들이 나와서
봄바람을 맞네.

봄바람은
모두에게 봄을 알리려고
또 어딘가에 분다.

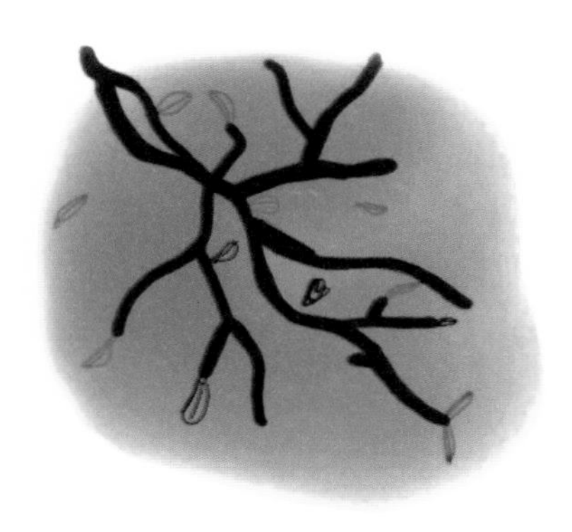

봄이 오면

봄이 오면
봄바람이 분다.

겨울잠을 자던 동물들이
겨울잠에서 깨어나고
활발하게 움직인다.

풀밭에는 새싹이 나고
벚꽃나무에는 벚꽃이 폈다.

사람들은 벚꽃을 구경하러
한 명, 두 명씩 나오기 시작한다.

봄이 오면 모든 생물들이
새 출발을 하는 것 같다.

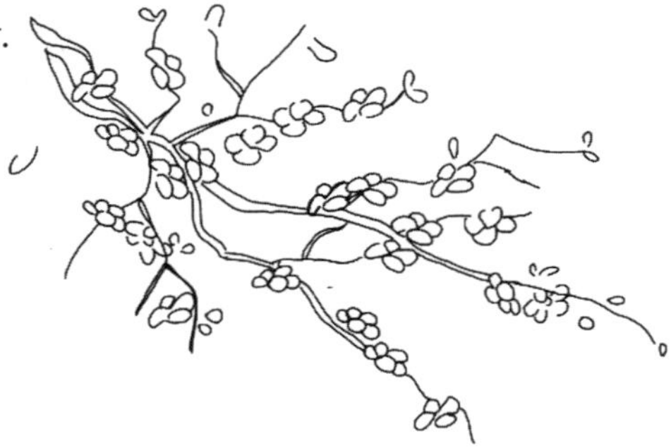

새로운 출발

봄이 되니
초등학생이 아닌
중학생이 되었다.

중학생이 되니
교복을 입고
봄바람을 맞으며 학교로 간다.

봄의 시작과 함께 교복을 입고
교실에서 친구들과 만나
다 같이 수업을 받는다.

봄에는 봄의 시작과 함께
학교로 간다.

시작

방학이 끝난 후
학교에 가면
나도 모르게 가슴이 두근댄다.
학교에 아이들이
하나둘 모이기 시작하고
딩동-뎅동-
시작을 알리는 종과 함께
개학식이 시작된다.
학교에서 할 일이 모두 끝나면
아이들은 우르르르-
밖으로 나가
하나둘씩 집으로 가기 시작한다.
이처럼 모든 것에는 시작이 있다.
시작이 있으니까 끝도 있는 게 아닐까.

최혜경

가을
거울
꽃 한 송이의 죽음
달
도서관
마지막 단풍잎
봄은 그림자처럼
봄이 내린 날
어머니 뒤에
어머니 사랑
옷
작은 새
전
추석
하늘

가을

가을 강바람에 춤추는
한들한들 코스모스
은은한 코스모스 위
향기에 취한 잠자리에게
가을이 왔나보다.

거울

거울 하나를 두고
다른 나를 바라본다.

힘들어 지쳐 있는 나

힘들어 지쳐 있는 나에게
온갖 비난과 욕설을 퍼붓는
또 다른 나

서로 다투고 다퉈
결국 화해를 하며 하는 말

괜찮아, 다시 잘해보자.

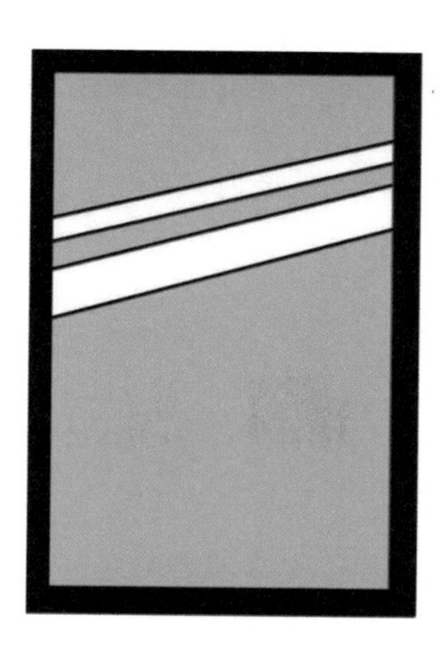

꽃 한 송이의 죽음

한 번의 완력이
한 번의 사고가

아직 피지도 않은 꽃 한 송이에게
깊은 상처를 낸다.

한 번의 악담이
한 번의 주먹비가

죽음 앞에선 노예인 꽃은
죽음보다 더 두려운 보복에
세상을 그대로 두고 편안한 그곳으로 떠난다.

달

검게 그을린 밤하늘
창문을 열어 밤하늘을 바라본다.
검은 하늘 위에 떠있는 밝은 달

저 달이 누군가에겐 희망을 주겠지.
검은 하늘 속 자신의 힘으로 빛을 내니까.

밝게 빛나는 달은
희망 찬 웃음을 짓고 있다.

도서관

많은 사람들의
이야기들이 있는 곳

그 이야기들이 종이 여러 장 속에
담겨 있는 곳

그곳에서 난 그들의
이야기들이 궁금해서
종이 한 장 한 장 넘기며
그들의 이야기를 들어본다.

마지막 단풍잎

가을이 겨울로 넘어갈 때 즈음
나무 끄트머리에 홀로 남겨진 단풍잎

나뭇가지 위에 걸려 있으면 단풍
나뭇가지 밑에 떨어져 있으면 낙엽

오늘도 단풍잎은 떨어지지 않으려고
발버둥을 치고 있다.

봄은 그림자처럼

봄은
그림자처럼 다가온다.

아무렇지 않게 손 댄 잎사귀마다
이리저리 피어나는 벚꽃은

봄의 물을 들인 양
푸르다.

싱그럽다는 말로는 모자란
아름답다는 말로는 어색한

봄은 그림자처럼 다가온다.

봄이 내린 날

오늘은 봄이 내렸다.
흰 벚꽃이 내리고 분홍색 진달래가 내렸다.

노란 개나리가 별처럼 재잘대고
노란 민들레가 해처럼 빛나던 날

오늘은 봄이 내렸다.
연둣빛 새싹이 피어나고
잠자던 동물들이 깨어나고

푸른 들판에 따듯한 해가 나고
반짝이는 봄꽃이 가득히 피어난 날

오늘은 온 세상에 봄이 내렸다.

어머니 뒤에

어머니 뒤에 항상
예쁘게 펼쳐진 날개 한 쌍

내가 아프면 곁에서
한시도 떨어지지 않고
보살펴주는

내가 원하는 게 있으면
없는 돈 있는 돈 싹싹 긁어모아
사주는

내 곁을 지켜주는
하나밖에 없는 어머니

어머니 사랑

어머니가 한 땀 한 땀 만들어낸
사랑을 이쁘게 넣어줄 그릇

어머니 사랑을 그릇에
하나하나 정성스레 담는

잘 담던, 잘 못 담던
넣으면 다 이쁘게 보이는

그릇은 그런 존재

옷

옷이란 인간들을 행복하게
만들기 위해 태어난 존재

인간들을 다치지 않게
보호해 주는 방어막

인간들 하나하나
꾸며주는

옷은 인간들을 위해
태어난 존재

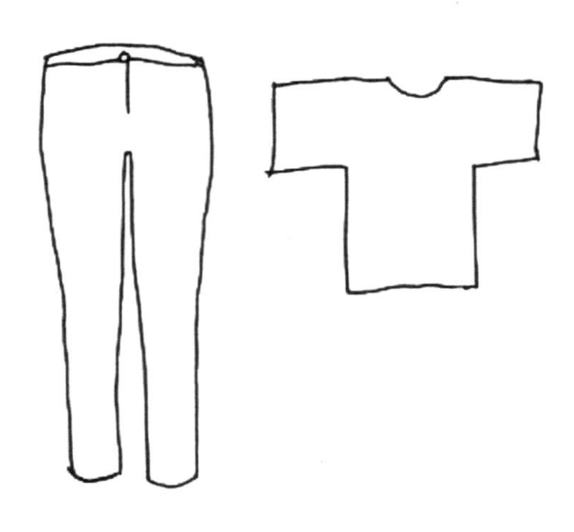

작은 새

태어날 때부터
날 수 없는 작은 새
혹시나 하는 마음에 날개를 펼친다.

단 한 번에 날 수 없는 걸 알기에
한 번 더 도전하는
아무리 고통과 시련이 다가와도 극복하려는 작은 새

곁에서 응원해 주는 가족이 있기에
오늘도 날개를 펼친다.

전

아침 일찍 일어나
해야 할 첫 번째 임무

애호박, 동태, 버섯을
밀가루를 입히고
프라이팬 속 기름에 하나씩 튀겨본다.

기름은 내가 싫은 건지
한 방울씩 프라이팬이라는
감옥에서 탈출을 하며
날 따갑게 만든다.

어느새 완성된 전들
힘들게 만든 전들을 보며 뿌듯해 하는 나

추석

밤에
크게 뜨고 있는 달 아래서
동네 사람들 모두 불러 강강술래
모두 즐거운지 얼굴이 밝다.

제삿상엔
군침 흐르게 만드는
햇과일, 햅쌀, 햇곡식들
생각만 해도 좋다.

논밭에
잘 자란 쌀이 보인다.
풍성한 느낌이 난다.

아름답고 풍요로운 추석.

하늘

하늘은 때론 아름답다.
눈부신 무지개가 가득 감싸주니까ㄴ

하늘은 때론 슬프다.
설움에 못 이겨 눈물을 흘릴 때도 있다.

하늘은 때론 강하다.
가끔씩 푸른 하늘 속에 내 마음이 담겨 있다.

하늘은 때론 밉다.
사람들을 휩쓸어 가기 때문이다.

하늘은 그때그때 다르지만
결국엔 똑같은 하늘

황지연

같이 있는 그릇

음식을 담는 그릇

집에서 밥 먹을 때나
소풍 갈 때나
여행 갈 때

어디 갈 때 대부분
같이 있는 그릇

음식을 받쳐 먹을 수 있어
편리한 그릇

거울에 비친 내 모습

화나거나 삐치거나
슬프거나 기쁘거나
다른 사람 앞에서 나의 모습은 어떨까?

하지만

거울 앞에 서면
거울에 비친 내 표정을
어둡나 밝나 알 수 있다.

거울 앞에 서면
내 표정을 통해
내 마음도 알 수 있다.

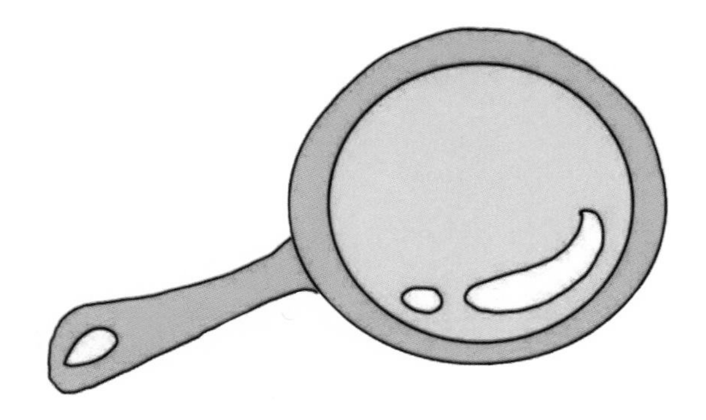

보름달

두근두근 밤하늘 보름달을
기다린다.

서서히 어둠이 내리고

드디어 보름달을 보게 된다.
구름 사이에 가려 조금 밖에 안 보이는 보름달

기다리고, 또 기다린다.

떴나?

이제는 정말 둥그런 보름달이 보인다.
어, 보름달 떴다.
신나하며 하나둘씩 모인다.

봄

겨울잠을 자던 동물들
겨울잠에서 깨어나 활동을 한다.

먹잇감을 잡으러, 피하러, 온 산을 뛰어다니네.
등산 중에 염소, 노루 하나 둘씩 보이네.

바닷속 해산물은 헤엄치고
땅위 동물들은 뛰어 다닌다.

하나 둘씩 겨울잠에서 깨어나 봄을 맞이하네.

봄, 벚꽃축제

봄이 오면 사람들은 어디로 갈까
넓은 들판으로 가족 소풍갈까

아니면,

시원한 바닷가에 갈까
아니야.

봄이 오면 벚꽃이 피어나지
그래! 그럼,

벚꽃을 보러 가는 거야

하하 호호 따뜻한 날씨에 예쁜 벚꽃이
피어난 벚꽃축제가 딱이네.

봄이 왔네

봄, 겨울이 지나고 봄이 왔네.
봄, 눈보라가 지나고 꽃바람이 왔네.
봄, 밖에 많이 없던 사람들 많이 왔네.
봄, 허전한 나뭇가지에 싹이 피었네.
봄, 출렁거리는 바다 잔잔해졌네.

사람들은 따뜻한 봄이 와 좋아하지.
동물들은 겨울잠에서 깨어나지.

추운 겨울이 지나고 봄이 왔네.

새들의 날개

참새, 제비, 닭, 타조
이 새들에 공통점 중에
하나는 날개가 있는 것이다.

어떤 새들은
날개가 있어도 못 날지만

어떤 새들은
날개가 있어 날 수 있다.

날지 못 할 수도 있고
날 수도 있지만
모든 새들에게는 날개가 중요하다.

옷

사는 데 필요한
의식주 중에 하나인
옷

추위를 막아주고
더위를 막아주니
사람들은 옷이 있어 편안하지.

또
아름다운 멋을 낼 수 있지.

진정한 친구

누군가는 지하실 끝에 서서
한 손 기둥을 잡고
누군가는 떨어지는 피눈물에
누군가는 손을 내밀었다.

한 번 두 번 세 번
폭력을 당할 때마다
부 글 부 글
상처만 퍼져갔다.

그때, 나에게
우정의 손을 내밀어준
누군가의 따뜻한 마음은
온몸으로 전해졌다.

상처가 점점 아물러 간다.
우정은 끝까지 간다.

집안일

추석 연휴에는 바빠지는 손놀림
음식 만들고, 청소하고

전, 떡, 꼬치, 산적, 튀김 만들랴
너무 힘들겠다

내가 도와줬는데
도움 되었을까?

추석에도 바빠지는 손놀림
설거지하고, 음식 차리고

하나둘씩 사람들이 모이면
더욱더 많아지는 설거지
그 많은 설거지를 하면 힘들겠다.

그들에겐 추석은…….

창체 시간 고구마 캐기

장갑 끼고
힘겹게
어떤 애는 빠르게
고구마를 캔다.

우-ㅅ-음 소리

어, 벌써 시간이 다 되었나?

앗! 뜨거워
노란 속살

김치를 얹어 먹으니
더욱
맛있다.

자기가 캔 고구마
신나게
한 봉지씩
낑낑대며 들고 간다.

추석

추석 전날에 설레는 마음,
빨리 내일이 왔으면 좋겠다.

가족들도 만나고, 맛있는 음식도 먹고
정말 즐거울 것 같다.

드디어, 드디어!
추석이 다가왔다.

하나둘씩 모여 밝은 웃음으로
안녕, 안녕하세요.
인사를 한다.

함께 텔레비전 보고, 대화하고, 뛰어놀고
정말 즐거운 하루다.

역시 추석은 기대를 저버리지 않는다.

| 편집 후기 |

봄이면
창작반 모집
훈련 시작

글 쓰는 방법 강의도 하고
책도 구입하여 함께 읽고

자연이는 소설가 만들고 싶어
소설 작법을 구입해 주었다.
좀 읽었는지
글이 많이 달라졌어.
음, 좋군.

민성이는 심오하지.
가끔은 이해가 안 돼.
시를 이해하는 것은 아니지만,
그래도, 가끔은.

수진이는 순수해.
글마다 순수함이
뚝뚝
듣는 소리가 들려.

지완이는 좀 복잡한가?
자꾸 길어지네.
예진이도 괜찮아.
아픔도 알고.
연미도 잘 써.
감정 표현이 좋아.
혜경이도 그래.
얘도 순수하지.

1학년 꼬마들도 잘 쓰기는 하는데,
아직은 어린가?
미나, 가연, 지연, 민석, 진삼
잘 키워야지.

그런데 가연이 전학,
작품집 나오면 보내 줘야지.
전학 가서도 열심히 썼으면 좋겠다.

카페를 개설하고.
글 올려!
서로 댓글 달아 의견 쓰기야!
음, 잘 안 되네.

그럼 인쇄하고, 얼굴 맞대고 함께 고민하기,
이 과정이 시간이 가장 많이 들고
아이들 특성에 따라 이야기해야 해.

그래도 가을에는
땀방울들이 맺힌
작품집
아이들 품에 안기네.

지도교사 장훈